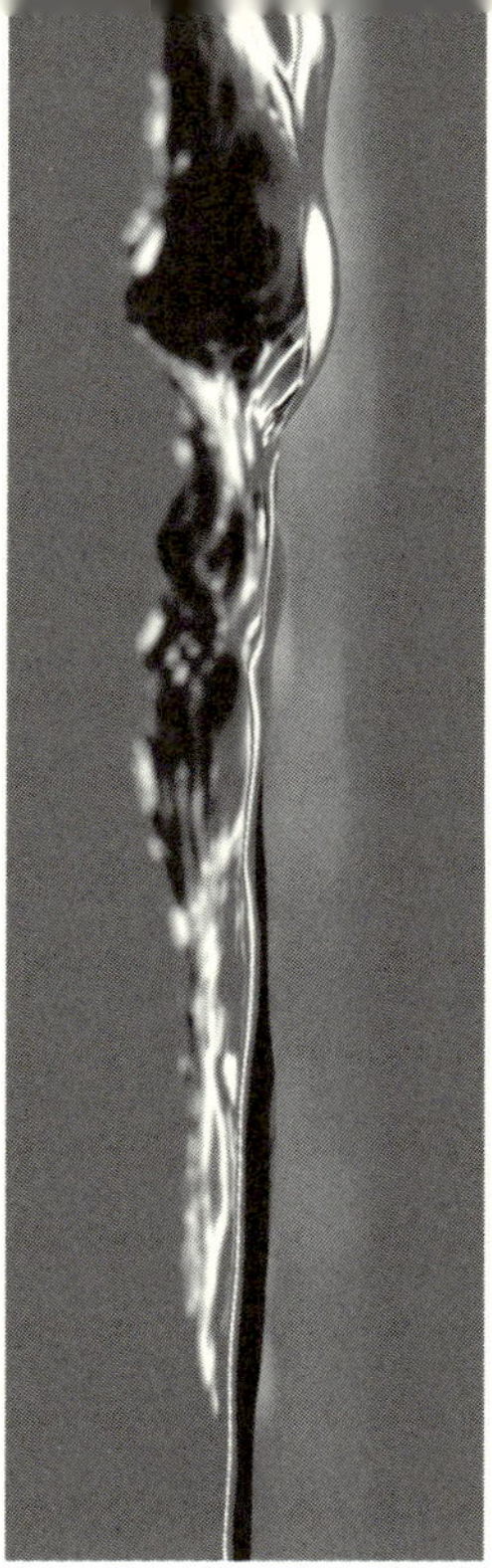

由比ヶ浜夢幻

片桐 巌
Iwao Katagiri

文芸社

由比ヶ浜夢幻

もくじ

早春

第一部

1

徹がふと振り返るとそこにクラスメートの春子が浮かぬ顔で立っていた。五月初めの心地好い空気が満ちた薄暗い校門の玄関側だった。徹はちょうど授業が終わり帰宅しようとしているところだった。午後のどこか虚ろな影が見える学校の玄関だったが、徹はこれで今日の授業も終わり、一旦帰宅してから、いつもの古本屋に何冊かの蔵書を売りにいくつもりだった。頭の中はすでにその日の夕方の友人たちとの付き合いのことでいっぱいだった。二、三人の学友と週に二度程金を持ち寄って市内のバーに出かけウイスキーなどを大人ぶってストレートで飲み、店の年上の女たちのたわいもない話を聞くでもなく、ときどき分かったような文学論を披露したり、ぎらぎらした眼を女たちの胸や腕にやり、何か恥ずかしい気持ちになったりしていたのである。

そういう予定で靴をはいていると、やっぱり昨日のように、髪を両肩に下げた春子が、色白だが、ややつり上がった大きな黒い眼で、徹が下校するときを見透かしたかのように、同じ時間に玄関で待っていた。

この学校は男子のみの構成になっていたが、どういうわけか、学年ごとに六名くらいの女子学生の入学を許可していた。徹の学年以降は女子は入学禁止になった。

徹は春子と会話したことがない。女子学生の五名がいつか徹が廊下を歩いていたときに何やら意味ありげに彼を見つめて囁き合っているのを一度経験したことはあった。

徹も、自分でも判然としないが、春子のことを心に描いたこともあったが、男子学生と女子が話し合ったり、学校内はおろか、まして街で連れ立って歩くなどはとても不可能な環境であった。ときどき、ほかの女子校の文芸部員と称する少女たちと集団で会うくらいで、個人では会うことなどあり得なかった。

そんな理由と、徹の世間ずれしていない性格が、文学の中の恋愛などは夢中で読みふけったり憧れたりしてはいたが、現実に、春子が彼を明らかに待っていたのを知ると、恥ずかしさと嬉しさとの後に急に恐ろしくなって足早に学校を後にした。振り返ろうともしなかった。

しなかったのではなく、彼にはできなかったのである。徹には男の兄弟はいたが、女はいなかった。そんな環境が、徹に自然に女性と接触する雰囲気など作らせなかったのだろう。隣家の三人姉妹はもう学校も出て勤めていて、ときどき会うことがあった。何か眩いばかりに輝いて見えて、目が合うと、ちょっとおじぎをするだけであった。要するに徹は世間知らずの少年に過ぎなかった。学業はほどほどだったが頭はきれるほうだった。特に高校に入ってから、急に文学書を乱読し始めていた。生活態度も少しずつ変わり、徹夜が多くなり、学校から帰るとよく昼寝をする習慣がついていた。

その日、徹は帰宅すると、何冊かのドイツ文学書を小脇に抱えて、いつもの古本屋に入った。古本屋の主人とはもう顔馴染みとなっていたが、話をよくしたというわけではなかった。

「いいのかい、こんな立派な本を売ってしまって？」

主人は本当に真顔になって聞く。

「いえ、いいんです。いくらになりますか？」

徹は早く用件をすまして主人と別れたかった。何のかのと質問されるのが本当は嫌だったからである。

「そうだね、全集物だが、新刊が出ているのでちょっと安くなるよ。千九百円かな」

「いいです」と徹は金を受け取ると逃げるように店を出た。たった千九百円か、買ったときは六千円以上もしたのになあと惜しかったが、今夜の飲み代くらいにはなったので諦めた。街を歩いていると、徹の足はつい、いつもの癖のようにある喫茶店に入っていった。

ここも徹の行きつけの店で、座る場所も決まっている。入口を入って一番奥の左側の、ほかの客からほとんど死角になっている場所である。

徹はそこに当然のように座ると、ポケットから文庫本を取り出して読み始めた。昨夜から読み始めたドストエフスキーの『地下生活者の手記』である。

心地好く耳に入ってくる音楽はチャイコフスキーのピアノ協奏曲で、こんなに読書と瞑想にふける良い場所はなかった。本を読み始めたが、徹の頭には少しも入ってこないばかりか、落ち着かない。本を投げ出し、眼を閉じると春子のあのうろたえたような顔が浮かんできた。

春子が徹と同じクラスになったのは、三年生のときである。徹は高校入学以来スポーツは止めていた。理由はあの運動部独特の先輩後輩の序列と、あの挨拶の仕方が嫌で嫌でならなかったからである。中学では三年も野球をしたが、ぴたりとこれも止めた。

人間は激しいスポーツを長い間続けた後に、急に止めると体を壊すということがあるらしいが、二年の二学期に初期肺浸潤、つまり結核であるが、六ヶ月ほど休養することが必要との診断を受け、大学病院に入院することになった。

一年の休学届を出して療養を終えると、今の三学年の春子のいるクラスに編入となったのである。従って徹は春子の一年先輩である。春子は噂では医者の娘で、市内の大きな古い屋敷に住んでいるらしかった。ずば抜けて優秀な学生だったが、中肉中背の色の白いうりざね顔の、どこか愁いというよりも沈んだ表情の静かな少女だった。声も本当に小さく、よく聞き取れないほどだった。

徹の持っている情報はこの程度で、ほかの者にあれこれ聞くわけにもいかない。

徹は教室の中ほどの一番後ろの席にいつも座っていたが、春子は一番右側の同じく最後部である。あの五人の女子学生が徹を冷やかしたのは何だったのだろうか。

春子の気持ちを察した仲間がそれとなく徹に知らせるためのデモンストレーションだったのか。あるいは人の気持ちを感じない鈍感さを冷やかしたのだろうか。

とりとめのない考えに浸っているうちに徹はうたた寝を始めていた。ふと誰かが肩を叩くのに眼を覚ますと、そこに友人の光雄が笑い顔で立っていた。

「ここにいたのか、随分探したぜ、約束はAだろう」

徹は思い出したように「あぁ、そうだったな、すまない」と腰を上げようとすると光雄は「まあちょっと座れや、まだ時間があるし、チャイコフスキーもいいなぁ」と呟いた。

しばらく二人は無言だったが光雄が言った。

「君、どう思うね、彼が学校を止めると言っていたが……」

「聞いたよ、もう少し頑張れないかね。あと半年だから」

「いや大分困っているらしいんだ」

父が失業し母が青果物店をやっている友人が退学するというのである。

徹にしても光雄にしても貧乏な家に育った少年であったが、その友人はかなり困窮した生活を強いられていたらしい。

光雄と徹が約束の場所に現れると、すでに次郎と佐藤が待っていた。

これらの少年たちは、一人ひとり独特の個性や趣味を持ちながら、なぜか仲が良かったのは若さのせいだろう。次郎はピアノが上手く、佐藤は金持ちの息子だが、隠れて、秘かにマルクスの『資本論』を読んでいるとの噂だった。集まったところは、光雄が見つけた学校からほど遠くない電力会社の裏にあるしゃれたバーであった。もうここに来れば、仲間たちは特別なことがない限り議論はあまりやらない。目的はほとんど同じようなもので、いかにして、二、三歳上の女給たちに気に入られるかである。

光雄はその達者な芸人のような態度と、気取った文句で話し始めて皆を笑わせる。

佐藤のことは女給たちもどこの息子か知っている。次郎はあまり話をしない。流れてくるピアノを聞いているふりをしている。徹は落ち着きなく、眼のやり場に困るように隅のほうで黙ってウイスキーばかり飲んでいた。次第にアルコールが入ってくると、この少年たちは少し勇敢になって、光雄は女の手を握ったり、佐藤の隣の女は寄りかかるようにしているし、徹と次郎は音楽の議論らしきものを始めていた。

そうこうしているうちに、入口のドアが開いた。薄暗い入口の下に三人の男が立っていた。急に少年たちは息を呑んだ。先生たちだ。先生たちは気付かぬふうで通り過ぎたが、一人がトイレでも行くつもりで振り返ったのだ。「おや、お前たちいたのか!」と一こと言うとそのままトイレに入ってしまったが、それきり何もなく時は過ぎていった。少年たちは頃合を見て、逃げるように一人ずつ出口から姿を消していった。

学校では問題にならなかった。

少年たちは不良ではなく、文学好きの文芸部員だったためだろう。黙認の形で、何事も起きなかった。

一年生のときに、光雄が書いたと噂された恋愛小説の中に、先生たちに衝撃を与えた性の描写があり、学校で問題となったことがあったが、結局作者が誰であるのか判明せず、そのガリ版刷りの作品は没収されてしまった。

徹はその作品を読んだことはなかったが何人かの不良っぽい文学少年が連名で書いたのだと噂を聞いただけだったし、それ以上詮索する気持ちもなかった。

徹の住んでいる街は、商業都市ではなく、県庁所在地の学生街であったが、街の外れに大きな川が蛇行して流れ、学校の裏のほうにSという鬱蒼と繁る樹々と大小の岩の多い小高い山があった。この山には、戦時中に掘られた大きな縦穴があり、立ち入り禁止になっていた。数年前に子供が誤ってこの穴に落ちて死んだことがあった。

徹は日曜の午後とか、学校帰りにときどきこの山に登った。この頂上から見渡す街は、どこか薄く曇って見え、この街の暗い雰囲気を表しているみたいだった。華やかさのない、どこか泥くさく、知性の欠けた街だと徹は思っていた。一日でも早くこの街から出ていきたいという気持ちが次第にふくらんでいく。

しかし、学生の彼には学校を卒業するまではそれができない。その上に冬は寒く、夏になると盆地のせいかうだるような暑さになる。そよとも風の吹かない日が多い。

父はこの街の大学に入るように勧めたが、徹は東京に出る決心をしていた。

この街だけでなく、一日も早く両親の元を出たかったからである。父とはあまり話もしなかったし、父からもあまり話しかけてもこないが、ときどき両親の声をひそめた争いの声が耳に入り、徹はそれがとても嫌だった。

ある日、徹は佐藤に誘われてサロン会（彼はそう呼んでいた）に出かけたことがある。八名ほどの知らない同級生と女子高の学生が三人ばかり集まり、一人が演壇らしき所に立って、何やらカミュ論をやっている。ほかの者は皆感心したように黙って聞いていたが、徹にはとても聞く気になれなかった。徹は大勢で集まり、話したり、拍手したりするサロン風の集まりをどこか軽蔑するところがあったし、佐藤のちょっと気取った雰囲気も気に入らなかった。聞いてもいない話し声が低くなると、徹は春子の顔を思い浮かべた。あの玄関の隅からひょっこり彼の後をつけるように出て、彼と目が合うと一瞬強ばった表情になった春子が、立ち止まって手に鞄を提げたままじっとしている。

徹はさっと目をわきにやると急いで靴をはき玄関を出ていった。

これで二度目だ。きっと三度目があるはずだ。作戦を練る必要がある。

それよりも、春子と付き合ったほうがよいのか自分の気持ちが分からなかった。ツルゲーネフの『初恋』やヘルマン・ヘッセの『車輪の下』の主人公を思い出したり、いろいろ思いをめぐらせてみるのだが、やはり、はっきりと心がきまらなかった。

クラスが同じだから顔を合わせるが、できるだけ避けるようにしていた。そうしているうちに、徹は次第に憂鬱な顔つきになり始めていた。進学もあり、親とそのことを話し合わなければならないし、文学書や酒場や春子のことばかり考えているわけにはいかなかった。

ある日曜日の午後、Sの山頂に登った徹と光雄は街を眺めていた。その日はよく晴れて山の樹々の葉は緑色に映え、遠くに見える川は水も豊かで光に白く輝いて流れている。ただ、街だけは相変わらずくすんでどこか暗く沈んでいた。街を歩く人たちの顔にも活気がなく、賑やかではない。いつもそうだと徹は思う。光雄は山の頂上の神社のある斜面に立っていた。その後ろ姿はどこかうら哀しい雰囲気があった。

光雄は背が高く、面長の目鼻だちの整った美少年で、どこか世間慣れした苦労人のような大人びたところがあった。その眼が語っているように優しい性格で、人の気を害したことがない。徹とは環境は違っていたが、どちらの家も貧乏だった。

「あと半年だな」と徹は呟いた。

「あぁ、もうすぐだ、俺は東京に出て働く、君は大学だね」

光雄の眼に何か光っているものがあったような気がした。

徹は光雄に春子のことを話しておこうかとふと考えたが、何も始まったわけでもないのだからと黙ったままでいた。

五月の終わりの風は爽やかで、空気も緑色の木の芽の香りを運び、時間は流れていった。五月の山を下りながら言葉も少なく二人は街に出ると、徹の指定席のある喫茶店に入って行った。薄暗い店内に入ると、一番奥の例の席には客がいた。仕方なく二人は中ほどの席に座るとコーヒーを注文した。店内は今日は客が多く賑やかである。ラフマニノフのピアノコンチェルトが流れている。

徹は誰かが自分をじっと見ているような気配を感じ、後ろを振り返ると、どこかで見たことのある少女の顔があった。誰だろうと思い音楽を聞いているとその少女は立ち上がり、徹の前に来た。「あら、徹さんじゃないですか、久しぶりですね」と話し掛けてきた。

「ええ、長い間お会いしていませんが、お元気ですか」と、懐かしさが蘇ってきた。半年ばかり療養生活をしていたときに、同じ結核で入院していた患者の紀子だった。紀子は市内の小さな靴屋の一人娘で、すらりと身の引き締まった小鹿のような少女だった。小造りの整った顔は美しかった。徹にとって若い女性は皆美しく見えた。

紀子は大学病院で一緒だったが、徹が別の療養所に移ると、一ヶ月して同じ療養所にやって来た。ときどき一緒に散歩したことがあった。

「徹さん、もうご卒業なんでしょう?」

「来春卒業します」と答えると紀子はちょっと黙ったまま立っていたが思い出したように、「私帰らなくちゃ、それではお先に」と立ち去っていった。ラフマニノフはクライマックスになっている。

「君、あれは誰だ、知り合いか」と光雄が興味あるふうに尋ねた。

「いや、病気したときの同じ患者さんだ」

「綺麗な女《ひと》だね」

「綺麗だ、とても」と徹は春子の顔と重ね合わせながら答えていた。

2

九月の太陽は低く雲を垂れて霞んでみえる。昨夜、徹は父と進学のことで口論してしまった。私大は経済的に無理だから公立にしてくれと言われたのだ。公立ならば地元しか可能性がなかったからだ。徹はその夜一睡もせず登校した。授業にも身が入らないままに時間が過ぎていった。しばらく、光雄と会っていなかったので、光雄のクラスに行くと帰ったとのことであった。徹は家に帰るのが嫌でポケットの金を数えると、いつもの喫茶店に向かった。街がいつもより暗く見えて仕方がない。どうしてこの街はこうも生き生きとしていないのだろうか。八月の夏休みに、進学の件で東京の兄を訪ねていったときのあの巨大な街の溢れるような光と影と人間の往来は、徹にこれこそ生きている街だと思われた。

兄と別れて生意気に入ったビルの二階のバーは、見事なオーク材の造りで、たくさんのウイスキーが並び、徹を驚かせたのは、若い華やいだ声で応対する女性たちの洗練された社交術であった。こんな店も見たこともなく、胸を大きく開けたドレスで、白い形の良い腕を肩まで出した女性たちの容姿が眼に焼き付いて離れない。徹は自分が恨めしく思われた。俺は田舎者なんだ。

「あら、学生さん、いらっしゃい、何になさいます？」と言われたときの何ともいえない恥ずかしさと憧れのような気持ちが一つになった。そして美味かったオールド・パーの味は忘れられなかった。

それに比べるとこの街は湿っていて暗いのだ。早く東京へ行こうとすればするほど気が焦った。父と口論になる。もう春子の顔もあまり気にならなかった。どうしても父と兄を説得し東京の私大に入ろう。そうだ公立を落ち、私立に合格すれば浪人せずに行かれるのではないか。喫茶店でいろいろ考えてみたが、そんな結論しか出てこない。

光雄は東京に出て働くと言っていた。次郎は地元の大学に入るらしい。佐藤はどうするのだろうか。成績優秀で頭の良い春子は一流大学に入れるだろう。とりとめもない進学のことを考えていると、やはり光雄が入ってきた。徹の隣の席に座ると、しばらく黙って音楽を聞いていたが、ちらっと徹の眼を見るとちょっと暗い顔付きになった。徹も口をきかない。二人はときどき、こんな時間を持つことがあった。

やがて光雄が低い声で言った。

「あのなあ、佐藤が君のことちょっと怒っていたみたいだぜ」

徹は光雄のその言いづらそうな言葉を耳にすると、やっぱりなあ、佐藤は気位が高いから、先回のサロン会の徹の態度と、メンバーを無視したような発言に腹を立てたのに違いないと思った。そういうことなら、別にどうということはない。サロン会に出なければよいだけだと考えて、「そうか、やっぱり、俺はあの会を抜けるよ」と光雄に賛同を求めるように言った。光雄は彼の独特の人を纏める才で何とか最悪の状態を避けたい気持ちからか、「急に決めることもないだろうし、佐藤もそのうち忘れるだろうから……」

「いや、もう卒業も近いし、やることが多いから、もう出ることもないだろう」

そうすれば卒業してからの付き合いがまずくなるので困るのではないかと言う。それならそれで仕方がないと徹は心に決めるように言い聞かせた。

その後、佐藤とは幾度も会ったが、サロン会には出席しなかった。

青春時代の友情とか、付き合いというものは、簡単に始まり、また容易に壊れるものである。徹と光雄の友情は、光雄の幅の広い優しい心情が続かせたものであった。徹は決して我が儘で自分勝手ではなかったが、性格に激しいところがあった。他人の意見にじっくり耳を傾ける光雄と、途中でもう分かったと自分の反論を始める徹の不思議な友情は、なぜか壊れず続いている。

会話はそんな程度であったが二人は三時間も喫茶店に閉じこもっていた。

「出るか」と光雄は腰を上げると徹は「これからどうする?」と座ったまま聞いた。

光雄がレジのほうに歩き始めたので徹は立って後に続いた。街を歩きながら、二人は電力会社のほうに自然に向かっていた。もう夕暮れで少し薄暗くなり始めていた。

勤め人が仕事を終えて帰路に就いていた。

「サラリーマンか、もう来年は自由じゃないんだ。時間に縛られて奴隷のように働くのか」

「そうかもしれないが、考え方次第じゃないのか」

徹は光雄の沈んだ声を慰藉するように答えていた。そのまま二人はいつものバーの前に立っていた。二人は目を合わせるとドアを開けて入っていった。まだ早いとみえて、純子というホステスが一人、カウンターの中でグラスを拭いていた。二人はカウンターの脚の長い椅子に腰かけた。

「あら、今日は早いのね」

純子は光雄と徹の顔を順次見て笑った。いくつなんだろうか。まだ二十歳になったばかりか、もうちょっと上なのか分からないが、純子はここに来る光雄とはよく話が合うらしく、低い声で話し合っていることがあった。

「ハイボールをくれないか」

「僕のほうはオン・ザ・ロックにしてくれ」

徹はそう言いながら、純子の睫毛の濃い大きな黒い眼を、綺麗だと思った。

「やはり、拘束されるということは一種の奴隷だよ。時間と賃金の交換の法則だな」

光雄は自分の将来のことがそんな状況になることを苦にしているように言う。徹は大学で四年の自由がまだあるが、光雄にはもうこれがない。こういうことを議論してみても、終わることがあろうはずがないと思うと、徹はこの街を早く出たいとまた考える。

純子がグラスを二つカウンターに持ってきて、音楽は何がよいかと聞いた。

「そんなことより、君はいくつなんだい」

徹は不意に純子に尋ねた。

「女性に年齢を聞くのは失礼よ」とちょっと媚を売るような目つきで口だけは怒っている。

純子は処女だろうか。いや、この女の容姿や言葉遣いをみると、もうとっくに男を知っているはずだと徹は想像する。

女を口説くのは、ただ好きだというだけでは絶対口説けない。何かそれと反対の「嫌いだ」という姿勢を見せながら、女が寄ってくるようなセリフや態度をとらないといけないとか小説に書いてあったように思った。

アルコールが入ると、まだあまり慣れていない徹はときどき酔いが早く廻ることがあった。

　少し純子を揶揄《からか》ってやろうと思った。

「年のことはやめるが、彼氏はいるんだろう。君の顔に書いてあるよ」

　徹はどうして自分がこんなセリフを吐けたのか酔いながら不思議に思った。春子に待ち伏せをされて逃げ出した自分がバーでは酒が入ったとはいえ、こういうことを言えるのは、なぜだろうと思う。何も春子から逃げる理由などないはずだ。そうであれば、正々堂々と構えて会ってやればよいではないか。しかし、純子は社会に出た年上の女性であり、春子は徹の一歳下の少女である。どんな話がお互いにできるのだろう。純子のように全く何の関係もないバーの女給は社交上の付き合いで、徹は客だから自由に何でも話すことはできるが、春子はそうはいかない。やはり会ってもお互いに話す対象物が考えられない。進学のことなどとても話すことなどできない。春子はクラスのトップだし徹は中以下だ。春子は裕福で徹は貧乏だ。光雄が煙草を吸っていた。いつから覚えたのだろうか。口から美味そうに煙を吐いている。煙草を手に持った仕種も何とかさまになって見える。純子と光雄はそうしてお互いに煙草の煙を吐いて笑い合っているみたいだった。

「わたし、彼氏くらい何人もいてよ」

「何人いるんだ」

　徹は聞く。

「たくさんいてよ。数えきれないくらい」

光雄はまた笑っていた。徹は純子のこの返事にますます興奮して「嘘だろう、きっと俺を揶揄っているんだ」と怒ってみせた。

すると、今まで黙っていた光雄が突然言った。

「何人いてもいいじゃないか。関係ないよ」

何もむきになって聞くことでもあるまいにといった顔で徹を見た。

一瞬三人は沈黙した。徹は顔を赤くしてグラスを手に取ると一気にウイスキーを飲み干した。客は入ってこない。別のホステスが一人挨拶してカウンターに入ってくると、徹と光雄は店を後にして外に出た。


九月の宵は涼しさと寒さが混じり合ったようで酔った頬に気持ち良く当たった。どこからか大きな声でバカヤローと叫ぶ声が聞こえてきた。何か徹に言っているように聞こえてしようがない。

俺はどこか普通でない。変わっている。まともでない。徹はそんなことを心に思いながら暗い道を歩いて、光雄の家の前で別れた。


夜寝床に入ってから、眠ることができないままに以前見たスウェーデンの映画を思い出していた。名画座という小さな映画館で五十円で二本立ての洋画を上映していた。画面は雨が降っているようにときどきかすれたりする古いものが多く、五十名くらい入ると満席になってしまう。「春の悶え」という題で、雪が解けて五月の春の季節がやって来た湖で、若い恋人同士が全裸で抱擁し合うシーンが出てくる。

最初二人は湖に行き、岸辺の黄色い花の咲くところを手をつないで歩いている。そのうち何ということもなく、黙って服を脱ぎ青年が先に湖に飛び込むと少女が何か一瞬恥じらうように見えたが、一糸纏わぬ全裸になって続くと、お互いに水を掛け合って遊んでいた。一瞬二人はじっと立ったまま眼を見合わせている。音楽が静かに流れている。青年は少女をじっと見つめながら近づいてくると、両手に少女を抱き上げて花の咲いている岸辺まで歩きそこに横たわると少女の眼を深く見つめてから接吻をする。

そのシーンだけが焼き付くように頭から離れなかった。

進学の問題は、結局東京の私大に奨学金を借りて入ることを条件に父は納得した。

徹の心配事の一件はこれで片付いたが、心の隅のどこかに喜びが湧き上がってこないものがあった。模擬試験で良い結果が出なかったし、勉強にあまり熱が入らない。

春子はやはりトップクラスだった。六名の女子学生は皆成績が良く、徹はますます自信をなくしていった。もう時間がない。そう思いながら山に登ったり、喫茶店に入ったり、古本屋に相変わらず本を売りにいったりしていた。
光雄もあまり喫茶店に来なくなり、何人かの友人たちも勉強で忙しい様子だった。

3

外は冷たい雨が降っている。日曜日の朝遅く眼が覚めると、徹は食事をすまし机に向かった。ときどき強い風と一緒に雨がガラス窓を叩く。もう冬がそこまで来ているらしい。部屋にある本棚に立てかけるほどあった本はもう半分以下になっていた。本は皆ウイスキーになって消えていってしまったのだ。

本を読むのと、ウイスキーを飲むのはどちらが大切なのだろうか。そんな区別を考えてみたところで何の役にも立たないことは分かっていても、やはりそれが気になる。

リルケ、ランボー、ボードレール、そして大切に取ってあったドストエフスキー全集も消えてしまっていた。何か儚《はかな》いものを感じ、徹は机から本棚に目をやった。それから机の引出しから何枚かの写真を取り出すと眺め始めていた。それは徹の中学時代の野球部でピッチャーをしていたときのものだった。

やせた青白い顔が何人かの中に立っている。マウンドより球を投げている徹がいる。バットを持って打席で構えている徹。

懐かしい少年時代は昨日のように思えてならない。いつか徹の眼に涙が浮かんでいた。徹は立ち上がると窓辺に近寄り外を眺めた。雨が降っている。雨音が聞こえる。傘をさして向かいの道路を駆けるようにして歩いていく学生たちがいる。じっと立ったまま徹はかすかに窓から見えるいつも登った山を見ていた。もうすぐあの山や神社ともお別れだ。光雄は東京に出て働くと言っていたが何の仕事をするのだろう。「お前は大学だなあ」と言ったときの光雄の眼に光ったあれは何なのだろう。徹はまたやるせなくなってきた。

窓辺より離れて蓄音機を廻すと「月光」のレコードをかけた。次郎が学校のピアノでよく弾いていたソナタは徹に音楽を教えてくれていた。静かに、ゆっくりと次第に力強く鳴り響く音は感動とこの世の中の哀しさを覚えさせる世界であった。

徹はまた机に向かうといつの間にかノートに詩らしい文句を何行か書きつけていた。

徹が一年くらい前に書いた長編の古代エジプトの碑をイメージした詩に次郎が曲を書いてくれたことがあった。あの楽譜もなくなり曲ももう覚えていなかったが、いつしか徹は詩集を出したいものだと夢見ていた。

ピアノソナタは部屋の中に深く静かに響き渡っていた。雨は相変わらず降り続けていた。

学校もストーブをつけるころになった。木造のときどき雨漏りのする校舎は古く、廊下は板で吹き抜けだから雨が降り吹きつけると水浸しになる。徹は英語の時間に先生に指名されて朗読せよと言われ、赤くなりながらたどたどしい英語で読み上げた。どういう理由かその後に先生は春子にそれを翻訳しなさいと指名した。小さな細い声で春子はすらすらと翻訳していく。先生は教壇で頷いている。

何とも言いようのない雰囲気が教室の中に漂っていた。徹はじっと机の上に目を落としたまま身動き一つしなかった。心臓の鼓動だけがいやに速くなるような気がしてしようがない。徹には先生の声が耳に入らなかった。やっと授業が終わると徹は急いで立ち上がり、教室を出て光雄のクラスへ行ってみた。

光雄は何か本を読んでいる。声をかけると「よお」と手を上げて出てきて、「どうした」と言った。

「いや、別に」

徹は光雄の顔も見ないで呟いた。いつもの喫茶店で帰りに会うことにし、徹はそのまま図書室に入っていった。

生徒会長をしている小柄で元気の良い潤一郎が何人かの学生と大きな声で話し合っていた。潤一郎はトップでこの学校に入学してきた学生で、いくつかの部活に顔を出し、生徒会活動もしていた。一年のとき、文芸部が学校始まって以来最初の文芸誌を出すと決まったときに表紙の画を描いた学生である。

徹は文芸部に所属していなかったが詩を投稿した。それは光雄が文芸誌に百枚近い小説を投稿したとのことで、徹はそれを次郎より聞いて驚き、光雄に尋ねると「君も何か書いて出せよ」と勧められたからである。

夕方、徹は先に喫茶店にいた。もう進学の願書も提出して後は受験を待つだけの身になっていた。少しは勉強のほうも進んでいたが自信は相変わらずなかった。

光雄が潤一郎と一緒に入ってきて徹のいつもの席に並んで座った。光雄は煙草を出すと誰憚ることなくうまそうに吹かしていたが、「俺の仕事決まったよ」とぽつりと言いながらコーヒーを飲んでいる。何でも神田にある大きな書店だという。やはり心に期すものがあって書店を選んだに違いないと徹は思った。

光雄の説明によると潤一郎の叔父がこの大書店の社長と知り合いで、紹介してもらったとのことである。潤一郎はアメリカにも親戚がいるらしい。小柄だが声に張りがあり、威勢のよい喋り方をする豪放磊落な性格の持ち主だった。画家になるために芸大に入りたいらしい。

「書店かぁ、よかったなぁ、決まって。本も読めるし勉強になるだろうなぁ」と徹が言う。すかさず「そんなもんじゃねえぞ本屋は。本など読むどころか重労働だぜ」と潤一郎。

「まあ、そんなところだ」と光雄は他人事のように呟いて、「食うために自由を売って賃金を得る交換の法則だなぁ、これは」

光雄は空に向かって言った。徹はそれを聞くと何となくこの世の中が暗くなって行くような気持ちになり沈んでしまう。激しい性格でもあったが感じやすい心の持ち主でもある。ときどき、徹はふと、光雄は女を知っているのではないかと考えることがある。バーなどで何食わぬ態度で女にお世辞を言い褒め上げたり、たまにちくりと刺すようなことを言うのである。そんなとき、女は決まって彼の腕をつねるのである。光雄は知らんふりをして笑っている。

そんな光雄が羨ましかった。

「今夜飲みにいくか」と潤一郎が光雄の顔を見て言った。

「そうだなぁ、徹、行くか」

「よし、行こう」

その日の夕方、三人は電力会社の裏のバーにいた。もう空も低く暗い夜であった。

その夜、もう卒業も近いということもあって三人はしたたかに飲んだ。家に辿り着いた徹は、窓に這い寄り家族に聞かれないように何度も嘔吐した。頭の中が灼けるように熱く思考力も零に等しかったが、どうしても徹の頭から離れない言葉があった。

「おまえ、まだ女知らないのかぁ」と潤一郎に言われたことであった。徹のほうに皆の目が一斉に向き、とくに純子の笑うような眼がそこにあった。徹は恥ずかしさと口惜しさで真っ赤になり一瞬口が利けなくなった。

その夜、徹は魘《うな》されながら眠りについたが、不愉快な夢にさいなまれてもがいていた。

4

冬の朝は骨身にしみて寒かった。朝眼が覚めると頭ががんがん鳴って痛い。別に酒を飲み過ぎた覚えもないのだが、どうも身体がどことなく重く怠《だる》かった。熱を計ると三十八度近くあった。風邪を引いてしまったらしい。

とにかく、軽く遅い朝食を取り、自転車に乗ると近くの病院に行った。風邪が流行っているのか大勢の患者が待合室にいる。

徹はこれはそうとう時間を待たされると思いながら空いている木の椅子に腰かけ、ポケットから本を取り出して読み始めた。全集物はもうなくなってしまったが、文庫の『地下生活者の手記』は持っていた。この反逆的な絶望の分析と「意識は病気である」という文章に、徹は読み進むうちに自分にもどこか社会に受け入れられない分子があるように思えてならない。死刑まで宣告されながら、直前に釈放されたドストエフスキーの想像を絶する壮絶な人生とその思想は偉大だと思うのだった。

時間が経つのは速い。ふと周囲を見ると、患者はかなり減っていた。そこに何ヶ月前に久し振りに喫茶店で会った紀子が入ってきた。

紀子と徹の目が合った。二人とも驚いたような顔に同時になった。

紀子はコートを脱ぐと手に持ち徹のほうに近づいてきて「お風邪でも引かれたのですか」と尋ねた。

「ええ、たいしたことないですけど」

紀子は何も言わずに自然な様子で徹の隣の席に腰かけると、口に手を当て軽い咳をした。

「紀子さんもですか」と紀子の顔を思い切って凝視《みつ》めてみた。紀子はどこか疲れたような、青白い顔色をして痩せて見えた。また咳をしている。徹は不安な気持ちになりながら、これ以上聞くのは失礼かと思ったので黙っていた。徹は診察が簡単に終わり、薬をもらい待合室に戻ると、紀子がまだじっと座っていた。徹はちょっと熱があったが、何の気なしについ紀子を誘ってしまっていた。

紀子はちょっと考えるようにしていたが、急に笑顔になると診察に時間がかかるかもしれないが待ってくれますかと尋ねた。

紀子が診察を終えて出てくるのを待ちながら徹はなぜ誘ってしまったのかと自分の気持ちが分からなくなっていた。

青白い顔をして紀子が出てくると二人は連れ立って喫茶店のほうに歩いて行った。自転車は後で取りにくればよい。

いつもの指定席が空いていた。コーヒーを注文し徹は「風邪の具合いかがですか」と尋ねた。

「あまり良くないみたいなんです。このごろずっと熱が続いていて……」

「それはいけませんね。早く治してください」

「先生に前からお薬をいただいて飲んでいるのですけど熱があまり下がらず、今度精密検査をするらしいんです。今日は血液検査をしました」

紀子があまり隠さずに徹に病気が良くないことを告げるのにちょっと困惑を感じ、誘ったことを後悔した。紀子は青白い顔をしていたがやはり美しかった。入院していたときの束の間の二人の間ではあったが、何か心に残るものが徹にはあった。懐かしい気持ちもした。

徹が三月で卒業し、大学を受験し、東京に出ていく話に耳を傾けていた紀子の顔が気のせいか少し青くなったように見えた。

また咳をしている。早く送って帰ったほうがよいと思いながら徹はまた将来のことを口にしていた。紀子は黙って聞いている。

「そろそろ失礼しないと……」

「あぁ、すみません。いろいろ話をして長くなってしまって。家まで送りますよ」と徹は立ち上がった。紀子を送る道すがら寒い冬の風が頬を刺すように吹きつけていた。冷たい風は何か二人の別れを告げているように思えてならない。もう卒業だ。この街ともお別れだ。どこが悪いのだろう。大丈夫だろうか。

二人は黙って紀子の家まできていた。

門の前に立って、青白い顔にきらきら輝いた瞳で紀子は徹を見つめていた。

「さようなら、徹さんもお元気でね」

「紀子さんも」

徹はくるりと背を向けると冬の風の中に足を進めていた。

二月になった。まだ冷たい風の吹く季節で、庭の樹の枝も芽も出さず、濡れたように震えている。やがて三月になってピンクの花をつけた梅の木が見られるのが待ち遠しかった。部屋の中にまで香りが漂ってくるのももうすぐだ。

一月の中旬に第二志望の授業料免除の入試の発表があり、徹は免除対象にはならなかったが成績がよいので合格していた。

しかし、まだ第一志望の試験が残っている。倍率も高く自信もなく、このことだけはどうしても快活になれないでいた。試験の日、徹は一番前の席に座っていた。大半の学生が揃ったころに何げなく徹は部屋全体を見ようと振り返ると「あっ」と驚きの声を上げると急に心臓が高鳴り出していた。そこに春子が座っていたのである。

「なぜだ！」

春子は公立のT大を現役で合格できる力を持っているはずなのに、なぜ徹と同じ大学のドイツ文学部など受験するのだろう。

春子が文学部を受けるなど誰からも聞いたこともなかった。徹はやっと春子の気持ちが分かったような気がしたが、今はそんなことを考えている場合でなかった。しかし、現実というものは非情なもので、徹は春子をそこに発見したときから頭の中が混乱し始めていた。

答案用紙にいろいろ書き込み、何度読み返してみてもどちらのほうが正解という確証を持てないままに時間が経っていった。答案を机の上に載せ、振り返ってみると春子の姿はもう消えていた。大分前に出ていったのだろうと思った。

徹は部屋を出ながらこの試験は失敗に終わったことをはっきり悟った。失敗だ。

これは春子の徹に対する復讐ではないのか。誰から徹がドイツ文学部を受験することを聞いていたのだろうか。

この日の夕方、徹は遅く列車に乗ると、もう兄の下宿先にも寄らず田舎の家に帰っていった。

もう光雄も上京していたし、ほかの学友たちもおのおの自分の進路に向かって歩いていた。もうやることは何もなかった。あとは卒業式だけだった。

しかし、徹はなぜか大事な卒業式には出席しなかったのである。送られてきた卒業式の記念写真に、徹の姿はなかった。春子が一番前の椅子にほかの女子学生と並んで大人しそうに座っていた。

しばらくして兄より入試の合否の電報が届いた。もう徹はそれを見る気もなかったがそっと開けると、そこには「ザンネン」と書いてあった。春子の受験番号は出ていたそうである。しかし、春子はT大に見事合格していた。

夕方になると暖かかった空気も冷えて、少し寒くなる。夕暮れの街のいつもの通りを徹は一人で歩いていた。心の中にいろいろなことが浮かんでは消えた。光雄からハガキがきて、もう働いている、早く東京で徹に会い一緒に飲みたいと言っていた。

潤一郎は私立の美術大学に入り、次郎は地元の大学に入った。佐藤は東京の私大に入った。街には今日は友達は一人もいない。

暗い路地裏の細い道を何を思うでもなく、ぶらりと徹は歩きながらいつもの電力会社の近くのバーのドアを開けていた。

早番の純子がカウンターで何やら整理をしていた。

「あら、徹さんじゃない。いらっしゃい。お独りなの今日は」

「もう誰もこの街にはいないよ。さびしいなぁ」

「私も淋しくなるわ、皆いなくなってしまうのね」

「今日で僕もこの街とお別れだ。だから君に会ってお別れ式をしてみたかった」

「あら、うれしいことね、じゃ、二人でお祝いしましょう。私今日ごちそうするわ」

純子は棚からヘネシーのコニャックを瓶ごとカウンターの上に置くと二つのブランデーグラスになみなみと注いだ。徹は一気に飲み干して、立て続けに三杯飲んでしまうと、今までの心の中に重くどっしりと積もっていた荷物がどさりと落ちて床にばらばらと散らかるのが見えるような感じがした。顔は笑いがなく真っ青であった。

誰か肩を叩くのがいる。ふとカウンターより顔を上げて周囲を見ると誰も見えない。徹のすぐ眼の近くに純子の顔があった。

少し上気した白い純子の顔。眼が微笑《ほほえ》んでいる。口がしなやかに微かに笑っていた。

徹は重い両手を上に上げると、無意識のうちにその両手で純子の顔をなでるようにして自分の顔に近寄せた。純子の唇が近づいてくる。甘酸っぱい女の匂いがして、徹は唇に吸いつくように接吻をしていた。

純子は動かない。徹はなおも唇を合わせて純子の口を夢中で愛撫していた。どのくらいそうしていたのだろうか。時間は止まってしまっていた。徹と離れると純子は彼の手を握りながら、「ちょっと待って」と言って奥のほうに姿を消した。しばらくすると「出ましょう、今日は店はこれでお終《しま》いよ」と徹の手を取った。徹は言われるままによろよろと立ち上がると純子の後から店を出た。冷たく気持ちのよい空気が当たり酔いが廻っているのが分かる。

純子は角を曲がると、タクシーを拾った。

知らないうちに徹はタクシーを降りて、アパートの前に立っていた。純子が徹に寄り添うようにして腕に手をからませていた。徹は純子の部屋にいるのが分かった。

急にこれはと思っているうちに純子が抱きついて接吻する。徹はもう何も考えなかった。純子に接吻されながら彼女の身体に手を廻し女の身体を初めて触っていた。柔らかい、つやつやした、懐かしいものにふれるような感触があり、手の先に触れれば吸いついてくるような身体だった。酔ってはいたが徹の身体は若い。もうすでに燃えるようなうずきを感じ、徹は純子をベッドに押し倒すと純子の感じのよい太股をまさぐり、焦るようにして彼女の中に指をそっといれていた。純子は一瞬身体をよじるようにして反応する。胸に顔を伏せ徹は乳房をむしゃぶるように接吻しつづけながら、指を純子の中に入れて愛撫していた。

純子が徹を今度は柔らかで、しなやかな手で握っていた。そのまま自分の身体の中にそれを導くようにして腰を押しつけてくる。

徹は自分を少しずつ純子の身体の中に入れながら、何と素晴らしい感じなのか、これが女というものか、ますます快感が高揚し徹は夢中になって純子の身体の中で動き廻っていた。

純子の喘ぐような切ない声が耳に入る。

純子のやわらかい両手が徹の身体を抱いて、しっかりしがみついていた。

突然、徹は激痛のような快感が身体全体に走り、自分の身体から液体が迸るのを感じるとぐったりと純子の上にくずおれるように横たわっていた。


長い時間だったのか、一瞬だったのか分からない。徹は汗だらけになって深い呼吸を繰り返していた。純子は眼を閉じて身動き一つしない。何か夢を見ているかのように微かに笑っているようだった。何を考えているのだろう。いや、考えているのではなく宙を蝶のように舞っているに違いない。

女は蝶だ。美しい羽を広げて空気の中をひらひらと飛び廻っている。青い羽になったり、紫色の羽になったり、いろいろの色に変わったりして、宙を飛び廻っているのだ。きっとそうに違いない。では男は何なのだろう。徹にはその答えを見つけることができなかった。


その夜、徹は家に帰らなかった。家族と顔を合わせるのが嫌だった。風呂に入ると、つくづく自分の顔を眺めてみた。特別何の変化もない、今までと同じ徹がそこにいた。鏡の中の自分のどこか疲れた青白い顔を見ながら、俺も男になったのだと心の中で呟いていた。それと同時に別な違った感情が胸の奥より湧いてくるのを抑えることができなかった。それは何なのか、徹は摑むことができない。何かやるせない悲しみに近いものがぼんやりと動いていた。鏡の中の徹の目の中に浮かんでいるその影のようなうずきは何なのだろう。

急いで床に入ると徹は天井を見つめているうちに眠りについていた。

5

光雄は神田にある書店で働いていた。もう二ヶ月が過ぎ一応仕事のやり方も覚えたし、時には外に使いにやらされることもあった。

仕事は大体夕方の八時には終わるが、いつもそうとはかぎらず遅くなることもあった。光雄はどうしても近いうちに彼の好きな作家の墓参りをしたいと思っていた。それは三鷹の下連雀二九六、黄檗宗禅林寺にある太宰治の墓である。光雄の優しい穏やかな性格は友人たちの信望を得、何か悩みがあるとそっと彼のところに行くのであった。光雄は黙って頷きながら何も言わず聞いてくれる。

そして長々と喋らなかった。一言二言、簡単に「じゃ、やってみろよ」とか「それは、まずいのじゃないか」とかしか言わないが、友人の心の中を読み切っているようであった。

徹は上京した翌日、それは四月の天気のよい日だったが、何の連絡もせず、光雄を突然訪ねた。

光雄は勤務がまだ終わっていなかったので徹は近くの喫茶店で待つことにした。

もう何年も会っていないような気がしていた。

二時間ばかりして光雄がゆっくり歩きながら近寄ってくる。その姿を懐かしげに遠くの席で見ていた徹は飛ぶようにして彼のほうに歩いていくと、光雄の手をしっかりと握った。

二人の眼がお互いに覗くように合った。

光雄の優しげな眼が微笑んで徹の眼を射ると「やぁ、しばらくだなぁ、元気か」と尋ねる。

「久し振りだね、もう東京に慣れたか」

「まだまだ、これからだ、忙しくて遊んでいる暇もないくらいだ。君は学校だね」

二人はお互いの近況と住所などを確認し合うとしばらく無言で向き合っていた。

喫茶店を出ると、神田の焼鳥屋に二人は入っていった。

光雄は日本酒を注文した。徹は光雄が日本酒を飲むのを見たのは初めてであった。店にはビールと日本酒しか置いてないと主人は言う。徹はビールにした。

「近いうちに暇ができたら三鷹の治の墓に行こうと思っているんだ。なかなか行けなかったが」

「太宰の墓参りか」

徹は呟くと、『人間失格』の葉藏の弱々しい性格を頭に描いて、一瞬狼狽《うろた》えた。光雄がこの作家をよく読んでいるのは知ってはいたが、徹はあまり知ってはいない。

若い徹には最後まで読む前に、何となく息が詰まってしまうような気になるのだ。

いつか潤一郎が光雄の前で、この作家をこき下ろしたことを思い出した。光雄がそのとき暗い淋しげな顔をしたのを憶えていた。

光雄は行くとは言うが徹を誘いはしなかった。徹はビールを一本飲み終えると日本酒を飲んでみようと思った。父が夕食時ときどき変な匂いをさせて飲んでいたのを覚えている。運ばれてきた酒は、それと同じ匂いだった。鼻をつんと突く、何とも言えない匂いだった。口に杯を当てて少しずつ飲んでみると甘いが、どこか喉を刺すような味がした。光雄はもう二本飲んでいたが、徹のその飲み方を見て、少し笑うと「どうだ、酒は」と言った。徹は味がまだよく分からないという顔付きをしたが、また一口ずつ飲んでいった。焼き鳥の焼ける匂いと煙が店内を被《おお》っている。慣れない日本酒で徹は頭がぐらついてきた。

光雄の顔を見て、徹は純子との一件を思い出していた。光雄と純子は仲がよさそうに見えたが、どんな関係だったのだろう。

あのバーを〝発掘〟したのは光雄だし、徹が行く前に何回も通っていたらしい。

一緒に行ったときは、光雄は純子にあまり話しかけるでもなく、ときどき手を握ったり、冗談を言ったりして皆を笑わせていた。

「純子にお別れパーティーをしてもらったよ」
「純子か、あれもなかなかいい女だよ」
徹は告白しようと思ったが、それを聞くと、やっぱりと思った。光雄は純子を知っているに違いない。徹は知らないうちに酒を三本空けていた。神田で光雄と別れて、山手線で恵比寿の下宿にふらつきながら辿り着き、靴も脱がないで部屋に上がると、そのまま徹は倒れるように畳の上に横になった。

夢を見た。雲が低く流れている。どこかで鳥が囀《さえず》っている。徹は公園の日当たりのよいベンチで独り座っていると、遠くのほうに春子と紀子が一緒に歩いていた。どういう理由か分からないが、二人は笑いながら徹のほうに近づいてくる。彼の前を二人は通ったが、彼の顔を見て何も言わず通り過ぎていく。

徹が声を上げて呼んでみたが、振り向きもしないで去って行く。急ぎ足で後を追ったがどうしても二人のところまで追いつけない。

汗を流して徹は眼を覚ました。あれは何だったのだろう。変な予感が全身を襲った。時計を見るとまだ五時になっていなかった。しばらく床の中で眼を閉じていたが、起き上がり洗面台で顔を冷たい水で洗うと、机に向かった。ノートに次のように書き入れていた。

去りゆく二人は、何処へ行く
美しき乙女の瞳は輝いて
花のように咲いている
いつのことか知らないが
輪になった恋人たちは
蝶のように宙を舞い
あれよ、あれよと飛んでいく

ペンを置くと、頬杖をついて考え込んでいた。まだ外は薄暗く、何の音も聞こえなかった。

その日の午後、徹は大学の教室でS教授の哲学講義を聞いていた。教授の名前は昔読んだ本で知っていたが、話を聞くのは初めてであった。鼻筋の通った五十代の痩せた背の高い教授は、学生に話しているのか、独りで話しているのか分からないようにみえた。

生徒は五名である。徹は講義よりもS教授に会えたことだけで胸がいっぱいになっていた。最初から、あれこれ質問するのだけは止めておこうと思った。その日は渋谷に出ると、駅前大通り向いの細い道の奥にある喫茶店に入った。半地下の左奥に徹は自分の席を作っていた。

徹は学校以外は一杯のコーヒーで半日をここで過ごすことが多かった。店の人は何も文句を言わない。自由にさせてくれるし、クラシック音楽がいつでも聞けるし、紙に書いてリクエストをするとほとんど聞かせてくれるのである。

夕方になると、虫が地下から這い出してくるように、徹は店を出た。薄暗くなった街に出て、何げなく歩き廻る。ネオンがともり、夜の街が輝いている。東京にやっと出てきたのだ。もうあの暗い寂れた死んだような街に帰ることもない。長く苦しかった息の詰まるようなところから脱出した喜びと、受験に失敗したことの悲しさが何度も胸の底にこみ上げては去って行く。

徹はそんな気持ちになると酒が飲みたくなる。もうかなり酒の味を覚えてしまっていた。家からの仕送りは少なく、酒を飲むとすぐ底をついてしまう。何ヶ月か同じような生活を繰り返すと、徹はアルバイトを始めた。

働くということがどんなものか徹はほとんど経験したことがなかった。アルバイトは日中もあったし、夜勤もやってみた。ある夜、徹はウォッチマンという、港に入港している貨物船の荷作業をする労働者を監督する仕事をしていた。船倉の薄暗いところで、五人ほどの父親くらいの年齢の地方出身の人が、食料品の荷揚げの準備作業をしているのを甲板に立って見張っている。外国船であった。トイレに行きたくなって、甲板の船室の中に行くと、突然声の太い、英語で「へーイ、ボーイ、クローズ、ドア（ドアを閉めろ）」と言われて、よく見ると、大きな身体の外国人が便座に座って、こっちを睨みつけていた。

徹は、自分がドアを開けた覚えもない。開いていたトイレを見てしまっただけである。なぜ自分が閉めなければならないのだ。

そう一瞬考えると、逃げるようにそこを去って船倉に向かった。すると一人の色の黒い大柄の作業員がビール瓶を割っていた。徹は驚いて彼を見ていると、「どうだ、あんたも飲まないか」とビール瓶を差し出してきた。

徹は看守役のアルバイトである。注意するのが当然の義務であることは分かっていたが、それが言えなかった。

「適当にしてくださいよ」と一こと言ってその場を離れて甲板に上がっていくと、先ほどの外国人らしいのが、そこに立っていた。制帽を被っていて先ほどの人かどうか分からなかったが間違いないと思った。一瞬恐くなる。「ベリイ・コールド（寒いな）」と低い声がして外国人が寄ってきた。

徹は「イエス（そうですね）」と頷くとまた逃げるように船倉に行くふりをしていた。

朝日が港に差してくるころ、徹は横浜の街を歩いていた。頭がぼうっとして眼が霞むようだ。何か食べないと歩くのも苦しかった。

しかし、まだ店も開いているはずもなかった。電車に乗ると渋谷に向かった。ポケットに手を入れて一週間働いた金を摑んでいた。

千円札が薄っぺらな紙のように何枚か手にあるだけだった。

6

光雄から葉書がきていた。急いで会いたいと言う。学校に入って一年が過ぎようとしていた三月だった。神田の本屋に行くと、光雄が何か浮かぬ顔をして待っていた。光雄とは月に一、二回くらいしか会う機会がなかったが、こんな顔をしている光雄を見たのは初めてだった。

二人はいつもの喫茶店に歩いていったが、光雄は黙ったままだった。空は低く垂れ、風がときどき吹き抜けるように去って行く。街を歩いている人たちはコートを着ている人もいれば、背広だけで寒そうに歩いている人もいる。街だけはいつものように忙しそうに賑やかだった。

ドアを開けるとベートーベンの「ソナタ」が聞こえてきた。徹は懐かしさを覚えた。

光雄はコーヒーを手に音楽を聞いているふうにして、徹の顔をときどき見ていた。徹は「音楽はいいなぁ」と呟いた。

しばらくして、光雄が口を開いた。

「徹、言ったほうがいいと思っているんだが……」

徹は何か不自然なものを感じたが光雄の顔を見ていた。

「徹、あのなぁ……いつか会った、あの女《ひと》、Ｆ市のあの喫茶店で、小柄でとても美しかった女……」

徹は一瞬紀子だと思った。何かあったのか。胸が高鳴った。

「亡くなったよ……」

次郎から手紙がきたと光雄は短く言った。それによると、紀子はＦ大学病院で死んだという。胸の病気らしい。

なぜ次郎が紀子のことを知っていたのか見当もつかない。光雄は説明した。次郎の友人の兄が病院の助手で紀子の担当だったこと、紀子が死ぬ前に徹のことを懐かしそうに話したこと、息を引き取るときに「徹さん」と呟いたことを伝えたらしかった。

徹の眼は何かを見つめるような驚きと沈黙に包まれて項垂れていた。夢の中を彷徨《さまよ》っている心が深く沈み、深い霧の中を何かが飛んでいた。自分のことは考えるが、人の気持ちをこれほど深く感じたことはなかった。俺は馬鹿だった。本当に愚か者だ。そんな人間が文学だ、詩だとか考える資格があるのだろうか。紀子のこと、病院でのつかの間の出会いが打ち震える徹の胸を木枯らしのように吹き抜けていった。

紀子の美しい眼が甦ってくる。春子の顔も見えてくる。みんな遠い昔のことのように思えたのに、いま光雄より出たこの知らせが徹を現実に戻らせ、死というものが、二度と帰らぬ人の命というものが、儚い淋しいものとなって、波のように押し寄せてきた。紀子が俺の名を呼んだ。徹は絶望のような呻き声を上げるとテーブルの上に顔を崩していた。

その夜、下宿でいつまでも起きていた徹は机に向かったままじっと動かなかった。光雄の前で涙を見せるのはつらかったが、今はもう誰もいない。一人きりだ。しかし徹の眼には涙はなかった。徹はペンを取るとノートに書いていた。

死んだ乙女よ
君は何処へ行ったのか
春の日の午後、風の中で輝いていた瞳よ
教えておくれ
君のいる処へ行く道を

僕は行く　知ることが出来れば
その道を
たとえ再び帰らぬ道と分かっていても

嵐の中を突き抜けて
僕は行く
死んだ乙女よ

第二部

1

徹が光雄と会ったのは、紀子が逝ってから半年が過ぎようとしたころだった。そのころ、徹の学内では毎日のように、あちこちの教室や広場に大勢の学生が集まり論争が続いていた。

暑い夏の日射しが校庭に反射し、学生たちの白いシャツは汗に汚れて、その顔は何かに耐えているように見え、怒りが溢れているようにも見えた。普段論争などということに関心さえ示さない従順な学生たちでさえも、壇の上で演説をしている者への共感と、やや疑わしげに見つめる眼の中に、若者の不満とやり場のない空気が漂っている。こうして一時間以上も、三ヶ所くらいで開かれている議論は終わろうとしなかった。

ときどき、年のいった学生係の事務局員や教授たちが遠巻きに、これらの集会を見にきていたが、学生たちの視線を浴びて、背を向けて一人ずつ消えていった。そんな夏の日が続いたある夕方、テレビに政府が米国と安全保障条約を締結する審議で採決強行突破を行うというニュースが流れ出した。

徹の学校には、全学連との連帯はなかった。

しかし、政府の国民や野党を無視した米国追従の姿勢に、全国の学生たちの怒りは次第に大きくなっていった。

連日、新聞に国会の審議が流れ、ついに全国の学生を主体とした反安保闘争の波が荒れ始めていた。徹は政治に日頃不信感を抱き、現在の与党に対し、その米国一辺倒の姿勢には心底絶望的なものを見ていたが、政治を志す青年ではなかった。

いつも暇な折に出かける渋谷の喫茶店で読書していた徹は、その日の午後S教授の講義に出かけていった。学校に近づくと、校門に学生たちと学校側の職員たちのちょっとした争いが起こっていた。徹はそれをよく確かめようと、渦の中に自然に入っていった。

教職員の二人と学生たちが押し問答をしていた。学生たちは、これから都心に向かって街頭デモに参加すべく、午前中集会を開いて、決議を得て出るところに、学校側より中止せよという申し出があり、それで論争していたのである。徹はそれを少し聞いていたが、社会学部の会にいつも出ている顔見知りの先輩の前に立つと「問答無用、やるだけだよ」と叫んでいた。この声を聞くと、学生たちはどっと流れになって校門を飛び出し始めていた。

この流れはもう止まらない。大学の最寄りの駅にデモ隊は流れ出していた。

徹は社会学部の大橋という先輩と肩を並べて電車に乗り、これからどう対処するのかと聞いてみた。日比谷公園に向かい、そこに集まっている全学連のリーダーたちの指示に従って、街頭デモに参加すると言う。夏の暑い外気は、冷房の効いた車内へにじり寄るようにしていたが、それでも、涼しい空気に満ちていた車内は、急に学生たちの汗で次第に熱を充満させていった。満員の電車の中で、一般の乗客が学生たちの声に耳を傾けていた。有楽町の駅は、そのころ、散歩がてらの買い物客で賑わっていたが、電車より溢れ出てきた学生たちによって、たちまち異様な雰囲気になってきた。三百人ほどのこのデモ隊は一つの流れとなって公園に向かっていった。

もう公園には座る場所もないほどに大勢の学生が土に腰を下ろして、列を作って一人のリーダーの演説に耳を傾けて、じっとしている。

夏の午後の射すような太陽の熱が空気の流れを止め、一瞬むっとする風を立てると、汗がどっと背中を被い、額はじとじとと脂汗が吹いて出る。徹は自分の学校の前列に座って、これから国会に向かいデモ行進を始めると言うリーダーの声を聞いていた。どこからか、自衛隊の出動があるという話が伝わってきた。すでに機動隊が国会の周囲を固め、デモ隊の突入防止をしているようだった。

行進が始まった。何千人くらいなのか見当もつかない数だ。もう引くことは不可能だった。退却することなど頭に浮かべる若者は一人もいなかった。

誰一人脱落する者もいなかった。デモ隊は少しずつだが四方から国会の門に近づいていく。後ろのほうから、車の上に乗って、拡声器で指揮を取っているリーダーが、突然大声で叫び出した。

「突っこめ！　突入しろ！　安保反対、岸内閣をつぶせ！」

学生たちは、この声につられるようにどっと前のほうに流れ出した。狭い門に群がる蟻のように、重なり合う虫のように、後方より押された前方の者たちは、機動隊の振り下ろす棒の雨に打たれても前に進むしかなかった。門を突入し、国会内に入った学生たちは口々に「安保反対、岸を倒せ！」と叫び、巨大な群れとなって進んでいった。

徹も、もう学友たちと一緒ではなく、大勢の未知の仲間と肩を寄せ合い、押し潰されるような圧迫感に苦しげに息をついていた。

前の方より、「ウォー」という波のような声が上がると、何かばたばたと駆けずり廻るような音がしている。しばらくすると、前方の学生たちが後ろのほうに少しずつ押し返されている。後退する学生、突進してくる後方の学生たちに、中間帯の学生は挟まれて身動きが全くできなくなっていた。トラックのようなものが徹の三メートルくらい前のところにあった。徹は次第にそのトラックのほうに押し込められるようになっていた。一瞬、徹は危険を感じた。胸を圧迫されて身動きもできない状況で、呼吸も不可能なほど苦しさを感じ始めていた。

必死になって、体を右のほうによじり、隣の学生を突き飛ばすようにして動いた。何度もこれを繰り返していると、徹はトラックの右側をやっと抜けていた。左のほうで、悲鳴が上がっている。

「押すな、危ない、後ろにさがれ！」

嗄《か》れたような叫び声が、徹の後ろのほうから聞こえたような気がした。すると、徹のそばを重装備でこん棒を振り上げて、学生に襲いかかる若い機動隊員が走っていた。徹は一瞬右腕に鈍い痛みを感じ、誰かに突き飛ばされていた。背中にも何か重みを感じた。鈍痛を覚え異様な嵐の波にもまれ、駆けずり廻っているうちに、どれほどの時が経ったのか、ふと気がつくと、徹の周囲に五人ほどの隊員が立って二十名くらいの学生が捕まっていた。徹もその中にいた。

国会内の廊下で、隊員が学生を追いかけるどたばたという争う音が聞こえたり、徹の囲まれた外でなおも駆ける音や、ガチャ、ドタッ、バタンという音がする。もう徹の周囲の隊員は十名くらいになっていたし、連れてこられた学生は四十人近くになっていた。これからどうなるのだろうか。時間は経っていった。

国会内の庭には、徹たち逮捕された学生たち以外は姿を見せず、国会外で乱闘が始まっているようだった。

捕らえられた学生が地べたに座らされ、おし黙ったまま、なすすべもなくしていると、国会議事堂のほうから、小柄な、一人の老紳士が近づいてきた。徹は一瞬この人の顔を遠くから見ただけで誰なのかすぐ分かった。あの人だ。男は学生の輪に近づくと、皆のほうに向かって「トイレに行きたい者はおるか」と静かに言った。

徹はこの言葉の意味がすぐ分かった。さっと手を上げた。五、六人の者が次々と手を上げると、男は「ついてきなさい」と一言言って隊員の顔を見まわして歩き出した。徹たちはさっと彼の後について、急いで歩き出していた。振り返ることもせずに国会議院の中の廊下に来ると、男は早口に命令調で言った。

「逃げろ！」

学生たちは緊張して顔をひきつらせ、皆思い思いに四散し逃げた。

徹は足早に外の道路に出ると、群衆の中に身を隠した。なぜなら、この群衆が見ている前で機動隊員がこん棒を手に学生たちを追うように目を赤くして探していたからだ。

あの小柄で白髪の男は鈴木茂三郎であった。徹は、右腕が紫色に腫れているのを確かめると、もうこれ以上デモに加わるのは困難だと考え下宿に帰ることにした。

電車の中で、白いシャツが汚れ、薄く血のにじんだ男の姿を、乗客たちはじっと見つめて、事の次第を理解しているようだったが、誰も言葉をかけてこなかった。

下宿に帰り、疲れがどっと出てきたのを感じると、徹は横になり休むことにした。しかし、徹は十分もすると着替えて渋谷に出ていった。

街頭にあるテレビに、国会内外で展開されているデモ隊と警官たちの乱闘が大きく映し出されていた。画面に頭から血を流して走って逃げている学生の姿が、次々と映し出されている。道路のそばにある植木の中からも、全身ずぶ濡れで、手と顔に血をつけた学生が映る。

カメラマンがカメラを担いで走り廻り、アナウンサーが絶叫調でこの様子を喋り続けていた。徹はそれをじっと見つめて、これほどの国民の反対を押し切って成立させた安保とは何なのか、何だったのか考えようとしたが纏まらなかった。

テレビが叫んでいる。女子学生が一人殺されたと。殺された！　徹はこの報道を耳にすると、また電車で国会に向かっていった。

しかし、もうそこは逃げまどう学生たちが、隊伍を固めた機動隊によって追いつめられた最後の場所に変わっていた。

翌日、岸首相が何者かによって足を刺されたとニュースが流れたが、大事に至らず怪我のほうは無事だと伝えていた。

徹は平常の生活に戻ろうとしたが、しばらくは心の中で、一人の女子学生の死の影が去らず悩んでいた。あのとき、きっと徹の前近くに彼女はいたに違いない。徹は右のほうに必死に逃げて助かったが、彼女はあのトラックと人の群れに押されて圧死したらしいのだ。このことが、徹の頭から去らなかった。あのまま、じっとしていたら自分はどうなっていたのだろう。

そう思うと、彼女への同情がこみ上げてくると同時に怒りがこみ上げてきた。彼女は逃げられなかったのだ。

一週間経って、学校に出た徹の顔を見た級友たちは、別段何もなかったように振るまっていた。大橋はいつものように社会学部の部屋にいて、にこにこ笑っている。全く得体の知れない奇妙な奴だった。

こいつは何を考えているのだろうか。学部長のY教授の原稿の清書などしている。徹はもうこの男とは付き合わないほうがよいと心に思った。

しばらくして、学生課の課長が授業が始まる前に、学長がこれから諸君と話し合いをしたいから特別教室に集まるようにと伝えてきた。学長は与党の国会議員でもあった。

「なぜ君たちはあの法案に反対なのか。デモに参加した学生もいるらしいが、学生の本分は学問にあって、政治活動をすることではない」と十分ばかり演説をした。学生は誰も一言も言わない。無言の抵抗をしているのかと徹は考えてみたが、勇気がないのだとしか考えられない。

ついに学長はこの学生の沈黙に腹立ったのか「アカの奴らのやることだ」と暴言を吐いた。

徹はとっさに立ち上がると「そういう言い方は失礼ではないか。与党の採決強行がこのような事態を招いたのであって、アカ呼ばわりは失礼だけでなく偏見そのものだ」と抗議した。しかし、学生たちはそれでも何の反応も示そうとしなかった。白々しい空気が流れ、学長は怒ったように徹を睨みつけていた。

しばらく沈黙の時が流れた。

学生課長が何か学長に囁くと、「今日はこれでよい。以後諸君は勉学に集中するように」と巨体をゆすりながら教室を出ていった。四、五人の級友が徹のそばに集まってきたが「君の言う通りだ」と相槌を打った。徹はそれを無視するかのように足早に教室を出ると、校門を抜け駅に向かっていた。渋谷の音楽喫茶の指定席に座ると、チャイコフスキーの「一八一二年」をリクエストしていた。意味があってのことでなく、自然に書いていた。自分は、いずれ学長に直接か、学生課長に呼び出されるのに違いないと考えていた。徹は、学内でのこの事件の正式なリーダーではない。日常的に活動していたわけでもなかったが、事の流れから見ると、学校側は反対に見ているに違いない。

しかし、予想に反して、一週間経っても何の変化もなかった。暑い夏の日射しは高く、樹々は緑色に萌えていたが、相変わらず徹の懐は淋しかった。

徹は思い出したように、光雄にハガキを出すと、予定の日時に神田に出かけていった。古本屋街は、徹の読みたい作家や哲学書が山のように積み上げられて並んでいるが、徹の所持金では、とても手の届かないものばかりだった。光雄との再会には、まだ多少の時間があった。しばらく、街を歩いて、光雄の退社時間に会いにいくと、あの懐かしげな友人の顔が待っていた。

夏の夕刻の生ぬるい風に吹かれて、徹と光雄は歩いていた。どこか、少し青白く、疲れた表情が光雄の眼に浮かんでいる。仕事に慣れて落ち着いていると思っていた徹は、光雄の心の中に何か変化が起こっていることを読み取っていた。

「しばらくだが、学校は面白く行っているのか」

「ニュースで映された通りだよ。俺もあそこにいたんだ」

「やっぱりな、やっと、学生たちも激怒したんだなぁ。しかし、何度選挙を繰り返しても結果が変わらないということは、大人たちの責任だ」

「自信がないんだよ」

「二大勢力がなく、右か左かしかない国では、大人たちはどちらに任せるかの選択ができないんだ。イギリスみたいに、労働党とはいえ左ではない中道だから、国民はそのときの結果を見て選択ができる仕組みになっているんだなぁ」

徹と光雄は、めずらしく政治を語っていた。新聞による報道と滅多に読まない政治の本の中から豆粒のごとき知識で会話していた。

しかし、若者には、鈍い金属でない、鋭い直感がみなぎっていて、時代に対する反応は速く、若駒の純真さがあった。

光雄の表情は語るにつれて、少しずつ沈んでいくようだった。どうしたのか、徹は考えてみたが心当たるものはなかった。光雄は寡黙で多くを語らないが、ときどき誰に向かうでもなく冗長になることもあった。静かな男、考える青年の苦労と疲弊が、しばらく会わなかった友人の体の隅に少しずつ水滴のように溜まり、ほの白い頬に光と影を作っている。

誰からも、光雄の近況について、徹は情報を得ていなかった。潤一郎から、ハガキがたまにあったが、自分の将来の夢と画のことばかりの連絡であったし、次郎からも手紙はあるにはあったが、地元より上京してくることもなく、時が流れていた。光雄は井の頭公園近くに下宿していた。駅から歩いて十分もしない、林に囲まれた木造の古い二階屋の一番奥にそれはあった。

静かで、古びた窓から見える景色は、緑の葉を通して落ちてくる光と、ときどき林を抜ける風がとても心地好い。しかし、真夏のこの部屋は蒸し風呂のように暑かった。

光雄は、休日の夏の午後はほとんど在宅していなかった。ドアに鍵がかかっていることはなく、小さな古びた本棚の何冊かの本、机、それに鉄製の灰皿が一つあるだけの三畳間である。鍵をかけたところで、役に立たなかったに違いない。光雄は上京して一年半以上ここを塒《ねぐら》にしていた。

貧しいが野心に燃える玉の光のような心があったが、最近の光雄の体は痩せて病弱に見えた。

光雄と会うのは半年振りだったが、その変化に徹は何かを肌に感じ取っていた。

六ヶ月は、もう何年も経ってしまったような、忘れ去られた時間が向こうの岸に咲いている霞んだ花のごとく思われてならない。

2

夏の終わりの酷暑は、闘争中の熱中を再燃させる炎のように熱く、頭の芯をしめつけてくる。街路の日に反射する緑の葉も、白く輝いて空に向かってそよとも動かない。じっとりとした空気が淀んでいた、街はそれでも活気に溢れて、たくさんの人が往来している。人間は、この蟻の巣の巨大な都市で飢えた狼の群れのように規則正しく、何かに向かって急いで進んでいく。

目的があって、一つに向かって歩いているように見えるが、そこにある影には、何の輝きも見られない一個体に過ぎないと光雄はときどき考えていた。何の目的のために生きるのか。何が人をそうさせるのか。本能がそうさせるのか。微かな知恵と貪欲がそうさせるのか。意識とは何か。意識するということは心象であって、現実とはまた別にあるものではないか。意識の流れと時間の流れ、人の心を覗くということの行為は、自己の心の動きでさえ確証不可であるならば、それは何を意味するのか。知性に訴え、感情の流れを抑えて、分析することによってさえ、そこに人の心の中のものを見ること、いや識《し》ることは不可能に近いのではないのか。今言った言葉は過去のものであり、相手に伝わった時点で別のものに変化してしまっているのではないか。

いつから光雄は、こんなことを強く意識するようになっていたのだろう。

何か原因がなければならないはずだ。それはこの暑さのせいなのだろうか。光雄の心がときどき乱れるのは、外気の熱のせいではないはずだ。光雄の体の中に流れている血の中に、少しずつ洞窟の中の炎のようにむらむらと燃え上がるものがあった。

仕事が夕方終わると、光雄は下宿にすぐ帰ることはほとんどなくなっていた。古本屋を何時間も歩き廻り、疲れ果てると、行きつけの喫茶店で体を休めるというよりも崩れるがごとく、そこで眼を閉じていた。

夕闇のほの暗い光の下の、冷たく流れる川の水が止まった様子が見える。冷たい川の水は、光雄の心臓の中で流れている。すうっと流れたかと思うと、急流のごとく速く流れ、しばらくすると、ゆっくりと息をするごとく渓流となる。

息が不規則で、不愉快な空気が漂っている。しばらく眠っているみたいに眼を閉じていたが、耳に遠くより心地好さそうなピアノの音が聞こえてきた。音は次第に近くなって、光雄の耳のそばまで届いてきていた。

その音の中に、光雄は若い女の人の顔を見たような気になったが、すぐ消えてしまった。何なのだろう。ときどき、幻覚に近い、夢の中を歩くような感覚を覚えることがあった。誰なのか。一向に思い出すことができない。遠い昔のようだし、まだ経験したことのないものが、光雄の身の近くで蠢《うごめ》いている。

「俺は狂ったのではないか」とふと思う。仕事もきちんと処理しているし、気を抜いた覚えなどもなかった。

社長は言葉少なげだったが、いつも光雄の顔を見ると、遠くから頷いたりしてくれた。一緒に入社した正雄という青年とはウマが合うみたいで、どちらかというと、正雄のほうから光雄に親しみを感じているらしく、ときどき声をかけてくる。小柄で、おとなしく、無口であったが、正直者で剽軽者であった。

入社して、半年経ったころに、社長室に呼ばれた光雄は仕事場に帰る途中、二階の階段で若い女性とすれ違ったときに肩が触れた。「ごめん」と言って、光雄がその女の人を見たとき、光雄の眼に光が射したように、さっと横切った女の人の姿が映って消えないでいた。社の人なのか、お客なのか分からなかったが、強い印象がいつまでも去らなかった。

そして、半年が経っていた。ちょうどそのころ、徹が学生運動をしている最中で、光雄は一人でいることが多かった。ある日、光雄は、経理へお金を取りにいくことになったとき、部屋の中ほどの机に座っているあの女《ひと》を見て驚いて立ち止まってしまっていた。中年の女課長が光雄をしばらく見ていたが、「光雄君、何をしているのですか。早くこちらへきなさい」と声を上げて呼んでいる。光雄は、はっと何かに目覚めるように、女課長のほうに近づきながらあの女《ひと》のそばを通っていった。あのときすれ違った瞬間の、光雄の心のときめきがまた波打っていた。金を預かると、足早に光雄は一階に降りていったが、胸は高鳴っていた。

光雄はあの女《ひと》が、同じ書店の経理に勤めていることに半年も気づかずにいたことに驚き、呆然となった。すぐそばに、あの女《ひと》は毎日いたのだ。

光雄は正雄に、何かと、その女のことを聞いていた。正雄は光雄の感情が分かったのか、少しずつだったが情報を持ってきては報告した。

橘順子は函館の高校を卒業すると、郷里を離れてすぐ、神田のこの書店の経理に就いて五年経っていた。

正雄は光雄の眼が沈んで、どこか虚空を見つめていることがあるのにときどき気づいていた。冗談ともつかない、あまり意味のない言葉を吐いて、正雄を揶揄うのだが、それが笑いにならなかった。光雄が逆に、正雄のことを気にかけているふうにさえ思える。辻褄の合わない奇妙な会話がそこにあったが、二人ともそれとなく、眼を逸らすように知らぬふりをしていた。

書店の仕事は、もうほとんど覚え、指示されなくても、自分一人でその日の予定を組み、正確にその日のうちに終えるほどになっていた。

光雄は、社長に一度、朝、顔を合わせたときに、聞かれたことがあった。それは、なぜ社長が光雄に聞いたのか、その原因が分からなかった。「光雄君、詩を書いているんだってね。よかったら一度見せてもらえないかね」と。

誰から自分が詩を書いていると耳にしたのだろう。正雄やそのほかの人にそんなこと話した記憶は全くなかったし、文学のことも、とりたてて喋ったこともなかった。

何社かの文芸誌に投稿したことはあったが、これだって秘密にしていた。徹にだけは、一度だけこのことを話したことはあったが、徹が社長と面識があるわけはなかった。

潤一郎の叔父の親友である社長だが、潤一郎を通して耳にするはずもなかった。光雄が思い当たったのは、読みかけていた本の中に、書きかけの詩を挟んだまま、書店に忘れて帰ったことが一度あったことだ。翌日、正雄がその本を見つけ、光雄に渡してくれたことがある。

そうだ、正雄が見せたのに違いない。しかし、光雄は社長に尋ねられたときに、詩は書いたことはありませんと言ってしまった。

社長は何も言わず微笑を浮かべると、光雄の肩を叩いて「まあね」と言うと去っていった。

詩のことや、社長の言葉よりも、ときどき光雄の心の中に浮かんでくるのは、順子のどこか秘めたような淋しげな眼であった。階段で擦れ違ったときの順子の眼、経理の部屋で横顔の中にちらっと見た順子の下を向いた眼であった。

正雄からの情報は、多くはなかった。入社して五年経っていること、函館の女学校を出ていること、あまり社内の人とは付き合いをしていないこと、帰るときはほとんど一人で帰り、社内の人たちと飲み屋などに行かないことなどで、どういう人とか、家族関係などの情報はなかった。

周囲は、そんな順子のペースに合わせるように、特に招いたりしないらしい。

光雄は機会を待っていた。きっと順子と二人になれるときがあるに違いない。

六ヶ月会わなかった徹に、光雄は葉書を出した。徹は光雄の変化に不安を覚え、体の具合が悪いのかと聞いてみたが、そうではないと言う。光雄はコーヒーを手に、ときどき虚空を見つめるような仕種をした。少年の最後の夏の日に、恋をしている友がいるのを微かに感じた。これは聞くものではない。友人が告白するまで待つしかないことも知っていた。

黙って座っている二人の少年は、一人が恋をし、一人は学業に興味をほとんど失っていた。まだ始まらぬ恋愛と、情熱を喪失した学業の影が鏡の中に映っていた。

「学校は面白いかい」

「面白いなどというものじゃない。真面目に就職を考えている奴はやっているが、俺みたいな中途半端な奴は、どうなるか分からないよ。俺は失敗した学生だ。退学してもろくな仕事はない。とにかく卒業だけはするつもりだ。ゼミで選んだ教授も、真面目に講義しないし、俺たちを無視しているみたいだ。これは俺のひがみかなぁ」

徹は小説ばかり読み耽っている自分が、無事大学を卒業できるのか不安であったが、成績は悪くなかった。しかし、徹の生活の中に、次第に入り込んでくる悪癖が顔を出し始めていた。渋谷の街で一度、三軒ばかり飲み屋をはしごして、足腰が立たないほど酔いつぶれ、パトカーで下宿に運ばれる不始末をしでかしていた。大誠堂という本屋の前の街路に座り込み立ち上がれない徹は、大勢の野次馬に囲まれて、必死に立とうとしていた。しかし、どうしても立てなかった。酔ってはいたが頭はしっかりしていて、自分がどこで何をしているのかはっきり分かっていた。恥ずかしさと怒りを、徹は必死にこらえていた。誰かが警察に連絡し、パトカーに担ぎ込まれ、下宿の前で若い警官に「大丈夫ですか」と聞かれながら、徹は靴を履いたまま二階の部屋に上がり、そのままうつ伏せになって寝てしまった。翌日の昼ごろ、服を着たままで入口のドアを跨いで寝ている自分を発見したときに、徹は昨夜のことを思い出すと、自分の愚かさに身震いがした。俺はいつこんなに酒を覚えてしまったのか。親の遺伝子が身体中に詰まっていて、この運命から脱出できない自分、いや、脱出ではなくて、今始まったばかりだと思った。

そんな出来事があった後に、光雄と会って、恋をしている彼の横顔がたまらなく淋しく見えた。俺の顔を光雄はどう見ているのだろう。

「徹、どこか遠いところに行ってみたいなぁ」

徹は旅のことなど考えてもみなかった、光雄のこの一言が徹の脳を一撃した。

そうだ、旅に出よう。これが今必要なんだと心に呟いていた。しかし、暇も金もない二人であった。光雄の声が消えると、光雄はじっと眼を閉じていた。誰からというでもなく、立ち上がると二人は喫茶店を出て、神田の街を歩き出した。ほとんど会話もなく二人は歩いた。そしてお茶の水の駅で別れた。

3

光雄は井の頭公園の木陰のベンチに座って考えていた。このまま書店に勤めて自分の将来がどうなるのか。もうかなり詩は書き上げていたが、誰に見せることもなく机にしまっていた。自分の作品に批評を加えてもらえる詩人や評論家も知らず、社長にさえ嘘をついていた。以前少しだけ徹に詩を見せたことはあったけれど、徹にさえこのことは黙っていた。

徹のどこか厳しい、激しさを知っていた光雄は、以前潤一郎が太宰治を酷評したときの徹の反応が、潤一郎寄りだったのを知っていたので不安であったからだ。

雲はゆっくりと流れ、木々の葉はときどきかさかさと音を立て、足の下の小石は、棘があるように痛かった。ぼんやりと、上を眺めたり、風の行方を感じたり、どうして自作を外部に出すか思案していたが、一度太宰の弟子の作家のところに出かけてみようとふと思った。しかし、どうやって訪問すればよいのか浮かばなかった。

ある日、社内で正雄が近づいてきて、光雄の眼を、さぐるように下から見上げて、何か知っているよと言わんばかりの微笑をした。

「何か用か」

「あのね、社長が言ってたぞ。なかなか素質が良いって」

「何が良いのだって？」

「素質だよ、才能があるっていうことらしい」

正雄は分かったような物の言い方をして、自己満足顔である。光雄のそばを離れようとしない。

「お前、仕事場に戻れ、ちゃんと仕事をやれ」

「社長に詩を見せてみろよ。きっと褒められるぞ」

光雄は思い出していた。いつかの一件は、きっと社長があの詩を見たに違いないと。

社長が文学を愛しているのも知らないわけではなかったが、光雄は一介の書店員に過ぎない。詩のこと、旅行のこと、ふと心地好い風の中から順子の顔が見えていた。

同じ会社の中で、会えずじまいだったが、忘れてはいなかった。順子とも会って話をしてみたかった。男の友人たちだけで満たされない何かがあった。心が揺れる灯の光の中で、ゆらゆらと燃え上がったり、いつの間にかふっと消えていってしまう空白があった。孤独感と切なさが、何度も光雄の胸をかきむしると、次第に頭の中の螺子《ねじ》が緩んでいった。朝早くから、夕方遅くまでの勤務の中で、考えていた理想と違う現実が立ち塞がり、自由になれないもどかしさと、管理社会の人間関係への嫌悪感が重圧となっていく毎日。夕暮れ時の一時が心を癒してくれるはずなのに、それ以上の寂しさが心にのしかかってくるのだった。何度か目を合わせた順子の哀愁を帯びた表情が、懐かしくてたまらなかった。すれ違った瞬間の順子の匂いが、忘れられなかった。恋なのだろうか。孤独感からくる一種の救いを求める甘えなのだろうか。どうしても会いたいという一念だけは積もっていった。

正雄に順子宛のメモを持たせてやったのは、それから数日経った午後だった。「ちょっと話があるので外で会いたい。光雄」と簡単に書いただけだった。正雄からその日のうちには、何の連絡もなかった。

正雄の姿も見なかった。退社時間を三十分のばして待ってみたが、正雄の姿はどこにもなかった。諦めて光雄は社を出ると、まっすぐ自宅へ帰ったが、まんじりともせず、落ち着かず時間だけが経っていった。

　彼の人生に対する自信は川の水が静かに流れ去っていくように、しだいに消えかかっていた。自分の決断力と行動力のなさを、このときほど感じたことはなかった。また旅のことが心に浮かんできた。

　一週間でもいい。ただ、思い切り、遠いところに行ってみたかった。何からか逃れるがごとく、何からか追われているがごとく、忘却の彼方にすべてを捨てて出て行きたかった。そうだ決行しよう。一度徹と話はしたが、やはりこれは一人のほうがいい。徹を巻き込むのは友情に反する。音信《たより》を出せば、十分通じるだろうと思った。

　光雄は翌日出社すると、社長に一週間の休暇を申し出た。母の具合がよくないので郷里に帰省し、しばらく様子を見て看病してみたいと申し出た。社長は光雄の顔を正視して、「それはよいことだ。仕事は正雄に任せて、ゆっくり看病していらっしゃい」と快諾してくれた。光雄は感謝の気持ちでいっぱいになり、頭を下げて礼を言った。しかし、光雄は嘘をついていた。郷里などへ帰るつもりは露ほどもなかった。はっきり計画してもいなかったが、足摺岬にいくことを考えていた。二日後光雄は誰にも告げずに旅に出た。ただ徹にだけ「旅に出る」と簡単な葉書を投函した。

　羽田へ行こうとしたが考え直すと、東京駅から夕方夜行列車で岡山まで行き、朝、岡山から宇野に出てフェリーで高松に入り、予讃線と土讃線を乗り継ぎ、田園風景の美しい初秋の山並を眺め、疲れ果てて、高知を抜け窪川までいく予定を立てると、もうそこは足摺岬が数時間で待っている。あとは、土佐くろしお鉄道で中村まで行き、そこからバスであの足摺岬が待っている。

その夕刻、夜行列車はガタガタ音を立て、光雄の体を揺さぶったが、夢うつつの中で彼は疲れた体を横たえて眠っていた。大阪で眼を覚ますと駅弁と茶を買い、しばらく外を眺めていた。

何の感慨も湧かず、無性に空腹を覚え、弁当を貪るように食べると、本をバッグから取り出した。太宰治の短編が入った文庫本であったが、光雄は「桜桃」を読み始めた。悲しくも哀れな物語である。なぜこの作家はこのような悲しみに満ちた小説を書かねばならないのだろう。

いつの間にか光雄の眼に涙が浮かんでいた。それを拭くでもなく、光雄は外の風景を見るでもなく、虚空を見つめていた。

岡山駅着、しばらく待ち時間があり、乗り換えた列車はしだいに古びた玩具のような物に変わってゆく。宇野線で宇野まで行き、フェリーで一時間ちょっとで高松港に入る途中の瀬戸内海は、青く深みのある大波が渦を巻いて、激流の中に数ヶ所吸い込まれていくさまは自然の美しさと恐ろしさを感じさせた。しかし、四国の空は高く、眺めているうちに光雄は、もう「桜桃」の悲しみから離れていた。何かよく分からないが、小波の音がして押し寄せてくる。

　列車はゆっくりと走っていた。ここの国では、そんなに急いで走ったり、他人のペースも考えないで、自分だけの意思で事を急いでやってはいけないのだと言っているみたいだった。都会の喧騒がまだ消えずに、足の下で走り廻っている。光雄の胸に、複雑で意味のよく分からない感情が行ったりきたりし始めていた。俺はどこに、何をしにいくのだろう。なぜ足摺岬なのか。確かに四国の果てだ。遠いところに行きたかった気持ちは、十分残っていた。この四、五日の間で、足摺岬で何ができるのか。夜遅く旅館とも言えない宿に部屋を取ると、風と波の音が聞こえてきた。風は時に悲鳴に近い声を上げていた。日本酒を飲むと、光雄は床に入って眼を閉じた。

4

　順子は正雄に呼ばれて、廊下でメモを渡されたのは退社する前だった。ちらっとメモを見ると正雄がまだ立っている。

　順子は「待ってね」と一言残して去っていった。正雄はその意味が分からなかった。ここに待っていろと言うのか、時間をくれと言うのか区別がつかなかった。しばらくそこに立っていたが、順子は戻ってこなかった。

二日目に順子が一階に降りてきて、封書を正雄に渡した。宛て名は光雄だったが、光雄はもう旅に出た後だった。

三日後に、正雄のところに徹が現れた。葉書を見た彼は不安を覚えた。何か事故でも起きなければよいがと思い、取りあえず、正雄に会うことにした。正雄は何も情報も持っていず、光雄の行き先は分からなかった。徹は少し考えてみた。どうしたらよいのか。無断で社を休むはずはない。社長に会って尋ねてみることにした。

光雄の友人と伝えると、少し待たされた後、社長室に通された。眼鏡の奥に、優しさと鋭く人の心を読み分ける眼が徹を迎えた。

背の高い、体格のがっちりした初老の紳士は立ち上がると、徹に近付いてきて、自ら手を差し出すと徹の手を握った。親しいこの仕種に徹は驚いたが、言われるままにソファーに姿勢を正して座った。

「光雄君の親友ですか」

「高校時代からの友人です。私は学生ですが今日お邪魔しましたのは、実は彼より葉書があり『旅に出る』と一言書いてあり、どこへ出たのか分からず、正雄さんにも尋ねましたが分からないとのことで……」

「光雄君は実家に帰り、母の看病をしてくると言っていましたが」

「実家ですか……」

「はあ、実家でしたら、旅に出るとは……」

「実家に帰っていないのですか」

「電話をかけさせましょうか」と社長は徹の顔を覗き込むように見つめて言った。

「いや、どうもありがとうございました。自分で電話をかけてみます」

「そうですか。ところで光雄君は詩を書いているようですが、かなり書いたのですか」

「はい、詩集として出版可能なほど書いているかは分かりませんがたくさんあるようです、何編か見ましたが」

「そうなんですか。あなたたちは文学仲間なんですね」

「いや、そんなのではないです。友だちです。お忙しいところ、突然お邪魔して申し訳ありませんでした。失礼いたします」

徹は腰を上げた。社長はそうですかと言ったが、しばらくして言った。

「光雄君が帰ってきたら、二人で遊びにいらっしゃい」

「はい、ありがとうございます。では失礼します」

徹は社長に頭を下げ、足早に社長室を出ると、神田の大通りに出てすぐに次郎に電話をかけた。

次郎はちょうど在宅中で、徹からの話を耳にすると、驚きの声を上げた。

「光雄は帰ってきてないし、母親は元気だよ。この間会ったばかりだから」

電話を切ると徹はあてどなく街を歩いていた。旅に出る。旅に出たいと二人で話したことなどを思い出していた。

徹の後ろのほうから、誰かが大声で彼の名を呼んでいる気配がしたので振り返ると、走りながら徹の後を追ってくる正雄が見えた。

息をはずませて正雄はやっと立ち止まると、「徹さん、これを預かっているのですが」と言った。徹は渡された封書の宛て名を見ると光雄様となっていた。裏に順子と書いてある。

正雄に、順子のことと光雄の関係を聞くと、徹はこの封書を開封すべきか否か迷った。

光雄がどこか旅に出てから三日経っていた。行方の分からない光雄をどうして探したらよいのか、解決方法が見つからないまま時間だけが過ぎてゆくもどかしさが積もっていった。

翌日、徹は学校から帰ると、いつもの喫茶店の自分の席に座ると考えた。いや、きっと光雄から何らかの連絡があるはずだ。このまま連絡もなく生き別れとか、光雄がもしかしたら遠い世界に行ってしまうとは信じたくなかった。「旅に出る」の一言の意味は何か心の整理をするためか、そういう時間を持ちたいという願望があったに違いない。しかし、光雄はなぜか暗さを漂わせ、言葉が少なくなっただけでなく、遠いところを見つめている眼が浮かぶと、徹は不安な気持ちになったりした。

音楽の中に身を置いて、自分自身の心の整理もしてみたかった。走馬灯のように、四年間の光雄との交友が、懐かしくぐるぐると頭の中を廻っている。潤一郎の自信に満ちた大きな声が聞こえ、次郎の眼鏡をかけたどこかシニカルな眼が見え、佐藤の陽に焼けた顔が、何か言っているようだった。皆あまり会わなくなったが、どうしているだろう。徹はふと立ち上がると何かを思い出したように店を出て、下宿へ急いでいた。

下宿に着くなりポストを開けた。

やっぱりあった。葉書が一枚入っていた。光雄の名前があった。

「今足摺岬にいる。心配しないでくれ。二日後に帰る。ではまた」と簡単だった。

大きな字でたった四行の葉書であった。

住所もない。光雄の名前だけであった。

徹はその葉書を机の上に置いて、いつまでも見つめていた。待つしかないのだ。

ポケットに入れておいた順子の封書を思い出し、机の上に光雄の葉書と並べて置いてみた。

なぜか自然にそうしてしまっていた。

街に出て、公衆電話で次郎に電話を入れ、光雄が足摺岬にいること、二日後に帰ってくることを伝え電話を切ると、そのまま渋谷に出て、道玄坂を上り小さな焼鳥屋の暖簾をくぐると、ビールを飲み始めていた。美味《うま》い味がして、喉をすうっと通って、胃の中にしっかりとそれは納まった。また光雄と酒が飲めると思うと嬉しさと切なさが、奇妙に混じり合い、いつしか徹は胸をしめつけられそうになっていた。

しかし、四日経っても光雄は帰ってこなかった。

由比ヶ浜夢幻

もう周囲は暗くなり始め、目の前に浮かんでくるものは、ざわざわと音を立てて黒くうねり、ときに白く煌《きら》めくような海の波だけであった。

ぼんやりとした夕暮れ時の光の中、無限のように広がる空と海の裂け目に、何か小さな黒い影が漂っていた。波の打ち寄せるざわめきの音は近くもあり、限りなく遠い音でもあった。その中に、砂をはむ彼の靴音が、ずしりとどこか重く、その砂の下に吸い込まれてゆくがごとく消えていくのだった。ざくぅ、ざくぅと腹の底まで跳ね返るようで、胸はそのためか呼吸は静かであったが、深く苦しげであった。こうして一時間もの間彼はこの海辺の砂の上を彷浪《さまよ》っていた。

友人に頼んで由比ヶ浜のホテルまで送ってもらってから、彼はふらりとそのまま外に出ると、坂を下り懐かしい匂いを鼻にして、海に近付いていった。海の匂い、大きな柔らかい母の胸の中で眠りに入っていく子供の、あの桃色の柔らかな肌に初夏の夕風が漂うところ、母なる大海原の遊泳に、なぜか誘われていた。

泳いでみたいと思った。きっと、海は少しは冷たいだろうが、熱くほてった彼の身体を優しく抱いて慰めてくれるに違いない。

それほど今の彼は独りぼっちであった。砂浜に近付いてふと立ち止まると彼は深い呼吸をしてじっと前の海を見た。やっと来たのだ。

向こうにちらっと見えた地平線の黒い影は何なのだろうか。海に足を浸して、心地好く足の底を愛撫する砂は、少しずつ減っていく生命のようでもあった。たくさんの砂が無限に集まってこの俺を支えているが、いずれこの砂も有限で、いつかはなくなるか、どこかへ流れていってしまうに違いない。

流されまいとしてきた自分が、抵抗すればするほど労力を要し、疲れていくのがはっきりと分かるようになったのは近ごろであった。海水が漂うように、自然にまかせていれば、無駄な労力もいらず、いずこと流れていくかは知らないけれど楽であろうと思った。

しかし、そのような無抵抗な心にはほど遠く、考えまいとすればするほど頭の中に浮かんでくるのは現実の自分の体力と年齢であった。

生業は恐ろしいと思う。いや彼はその生業に普通以上の何ものも求めてはいなかった。そう思いたかった。またそのように貧しく生きてきたと思った。ざわざわと海が騒いでいる。

不思議なものだ。海の中の砂は、砂丘のものより重いが優しい感じで、砂丘のものは、抵抗するがごとく靴を払い除けようとする。これは何の意味なのだろう。

自分の体力の限界に近づいていることは彼ははっきりと分かっている積りだった。しかし、山の風景を見に、友人とその息子の三人で富士登頂を試み自分の限界以上の成果を上げたので、まだ力は残っていると再確認したばかりであった。それは去年の初秋であった。あのときの力は、いったいどこから出て、いままたどこへ去ろうとしているのだろうか。疲れというよりも、心地好い眠りのようなだるさがあり、そのだるさが彼を無常観で覆っていた。

少し腰をおろして海水にズボンのまま身体をつけてみると、足に纏いつく海水と違い、何か得体の知れない海底の中に沈んでいく自分と吸引力を感じた。海の底は静かだろうか。ざわめいたり、海水がうねってとぐろを巻いているのだろうか。ただそう想像するだけで恐怖とか不安は感じなかった。むしろ生への儚《はかな》い願望と一体となった幻の暗い影のように心の底に漂うものが見えてくるようであった。

――もう六合目から登りはじめて、かなりの時間が経っていた。薄暗い闇の中に三人の影が映っていた。先頭を行く親友の息子は後続の父と彼を気遣うようにしてゆっくり登っていく。若い肉体はこの荒れた大地を踏み、何かを征服していく挑戦者であったが、後続の彼は加齢だけでなく、長い間不治の病を背に負ってきた人間であった。医師に宣告された恐ろしい病は、何千万人に数人というもので、治癒薬も療法でさえも開発されていない原因不明のものであった。そのときからもう何十年経ったのか彼は自分でもはっきり覚えていなかった。覚えていないというのは不明確で、忘れたかったのだ。その病は得体の知れないもので、ときどき不意に彼を襲ってきた。

舌が荒れて潰瘍ができ、粘膜の表面がアフタとなって爛れ、そうしているうちにいつの間にか消えてしまうのだった。痛みだけでなく、体全体にだるさが広がり熱を持ったように心を喰い苛《さいな》む。黒く繁った樹海の中の苔の重みが加わり血を吐く苦しみがこみ上げてくる。

しかし、彼はいつも笑顔を絶やしたことがなかった。友人たちは彼を不死身の男と囁き合い、その驚異的な力がどこから来るのか不思議がった。この苦しみは、決して表に現れて、ほかの人の目に映ることはなく、彼の身体の中にだけ住み着いていて、好きなときに、勝手に眼を覚まして暴れると、また消えていった。この繰り返しであった。一時的に薬物を塗付するのと薬を服用するだけで、あとは快癒するまでそのままにしておくしか方法はなかった。

下血をしたり、はっきりと視界に入る症状は何もなかったが、血液検査だけは特別の反応があり、たまに関節などが痛み、腫れて熱を持つこともあったが、消炎剤を使うと不思議に一日くらいで痛みは治るのだった。

そういう症状をなんべんも繰り返したあとに、ついにはじめての下血があった。検査をすると医者が短く言った。大腸に多量のポリープができている。このまま放っておくと、はっきり言えないが、大量の出血を伴うだろうから、体力のあるうちにその部分を切除したほうがよいだろうと……。

彼は苦しみ悩んだ。しかし、顔だけはいつもの通りの彼であった。妻にも決して苦しい顔を見せなかった。お互いに、すべてのことが分かっているように振舞っていた。そして彼はすき透るような清潔で無機質な白い手術室の中に消えて五時間以上の大手術を耐えてその部屋を出た。腸を一メートル近く切除し、大量の出血で輸血を受け、おぼろな夢の世界で青春の真っ只中を走っていた。

それは懐かしい、はるかな遠い過去のぼんやりとした幻想の再現ではあったが、それは耐えがたい苦しみを伴った時間の継続だった。

彼はその静かな純白の手術台に自分の身体を横たえたときから、自分に催眠を掛けるように、過去を振り返ろうとしていたのであった。

過去に何遍となく苦痛が始まると、自己催眠術を仕掛ける訓練がかなりできていたので、自己コントロールが可能になっていた。何もかも自分を他者に委ねることは恐ろしいとも感じなかっただけでなく、むしろ一種の救いと安堵感を彼に与えるのであった。それほどまでに彼は自己を他者に置き換えて他者になり切ってしまう術《すべ》さえ熟知しているかのようでもあった。不思議なほどに平静である自分をそこに凝視《み》ていたのだった。

全身麻酔が効き始めるともう彼はすでにうとうとと夢の中に陥って、どこかぼんやりとした空間を漂っている自分の肉体を感知しはじめ、何かが肉体を触っているのを感じた。そして短い夢が終ると眠りの中に入っていった。空白の、真空の、虚無かもしれないあるところ、どことも言えぬ、嘘の現実の場所に横たわっているようでもあり、ここに他者にすべてを委ねた本当の現実があったのかもしれない。

時にはその中で不思議な快感さえ一瞬覚えるほどの感覚があったり、ふとまたおぼろに霞み消えていく。それの絶え間ない繰り返しであった。時間の観念は消え、彼がその純白の、無機質の部屋を出たときは、すでに夕刻であったことだけは確かであった。午後一時に入り、出たのは夕刻であったから五時間くらいのはずであった。


山を征服することは、彼の体力とそのときの気候によって不可能ではあったが、冷たい風雨に曝された荒地を登った冒険譚は彼の自信とも自慢とさえになった。ほかの者たちより、彼らに挑戦さえできぬことが彼にはほぼできたと噂になったとき、かすかに心の底で歓びが湧き、快感が走った。しかし、それはそこまでであった。

今こうして、海の波に曝されている自分の肉体の一部は、あのときの感覚とは似ても似つかないほどの静寂の中の淋しさだった。

寂しさの中に孤絶した全くの別の世界であった。妻の笑顔でさえそこには侵入することができなかった。その余地すらなかった。

一瞬のまばたきのうちに、一億光年の記憶がかけ廻っていたが、順序は錯綜してもいなかった。

断片的ではあるがはっきりとした形をとって脳裏に映っては消えていった。

砂が足の下で鳴っている。何億万個の砂が左右前後に動いて鳴いている。波がときどきその声をかき消すが、彼の耳には砂が鳴く音が人間の叫び声のように聞こえてくるのだった。何と叫んでいるのかは分からないが、たしかにその深い摩擦音は残って消えない。少し歩くとその音は変調するが、鳴いていることは変わりはない。砂は鳴くのだろうか。そんな感覚に満たされると彼は砂を手に取ってみた。月明かりにほの白く光る手の上の砂が反射し異様に重く思われ、なお彼の目にそれが光り輝いていた。鳴けと彼は心に叫ぶ。砂は黙ったままである。

砂でさえ、先ほどまでは波の下で騒いでいたが地上に上がると沈黙してしまう。彼はその変化が悲しく感じられてしようがない。過去と現在の断絶がそこに在った。海の中の砂に足を入れたままに、目を遥か彼方にやると、闇の向こうに薄く灯《とも》る月の明かりがあった。

彼はふと懐かしそうに口笛を吹いてみた。その口笛の音が静寂の空間に響きはじめると、疲れも忘れて音が次第に大きくなったり、息が切れてかすれた音になったりして海の向こうに飛んでいった。昔彼は暇さえあるとよく口笛を吹いた。ツィゴイネルワイゼンも全部吹くことができた。それだけではなく笑いながらも吹くことができたと友だちが言ったという伝説まで持っていた。彼の笑顔は懐かしい、どこか含羞《はにかみ》のある笑顔であった。そのときの彼は子供のようだった。

音が響くと、海の波が止んだみたいだ。しかし、足の下の砂の音はやはり鳴っていた。彼は泣いたことの記憶がなかった。涙が溢れるような経験は憶えがなかった。なぜかいつも泣くときは心の中で泣いていた。

彼はそんな自分を発見するたびに何か不思議なものを見つけ、自分が果たして強い人間なのか、不感症なのか、一向に理解できなくなることがあったが、それとは全く違ったところで別の自我がはっきりと存在することを確かに何度も見ていた。

ある日、彼が銀座四丁目の目抜き通りで立っていたときのことを思い出す。目抜き通りで立っていたのは愉快なことではなく、若い彼にとってそれは屈辱でさえあった。

さる酒屋のサンドイッチマンとして、ピエロのように赤く頰を塗り、目の周囲をややピンクに染めて右手に看板を立てて立っていた。

そこに学生の友人が偶然に通りかかり、めざとく彼を認めて手を上げて挨拶されたときの、穴がそこに在ればすぐに入りたいくらいの羞恥心が走り、紅色の頰がそれ以上に赤くなったことは一度ではなかった。定職のなかった、上京したばかりの彼にはこれくらいの仕事しかなかったのだった。故郷をとび出して、あてもなく東京に出た彼にはその日暮らしの手持ち金さえ事欠く生活を強いられていた。

誰にもこんなアルバイトをしていることは口外していなかったが、銀座四丁目の目抜き通りでは誰かに会わないで済むはずがなかった。金がないことが恥ずかしかったのではなかった。若かった彼は照れ屋であり、羞恥心の強い、つまり自我の強い青年であったばかりでなく、のうのうと親から仕送りを受けて遊び歩いている自称貧乏学生などつまらなく見えた。そういう学生友人ほど反社会的で無知だとさえ思えてならなかった。生活とは、かくも厳粛な儀式であり、芝居でさえあったが、生業は避けて通り抜けることのできない道であった。生きるということは生活であった。生きるということは呼吸することであり、それは水を飲むだけということでは済まされないものであった。仮に食事にありついたとしても、それは生活ではなかった。食事にありつくだけであれば乞食にでもなれば済むことであった。どん底の生活とは、悲しく悲惨ではあるが、まだ自分がそこから抜けて生業を立てるのでなく、心の祈願として、「俺はいつか俺を書く」その確証と自信がなかったら彼もやはりどん底のままに乞食と成り果てていたと思った。

苦しさは限りなく在ったが、冷ややかに目の前に展開する現象や世の中の流転を見聞きしていた彼の心眼に映るものは、別の世界に見えてくる。これが人間の生業や生活であろうか。いや、そうではない。何かが失われている。夕闇の街路に溢れて群れをなし、この街を闊歩しているのは真実ではない。皆嘘で虚偽でさえある。本当の人間の心や情念、高い精神でなくても、本物の心の人生だとは映らなかった。何人かの会社人間が群れ、騒音をまき散らし、着飾った女が嬌声を発していくその影絵を薄暗い街路で目にし、「違うのだ、それは違うのだよ」と彼の眼は語っていた。

彼は一ヶ所から絶対に動かない。酔漢が彼に愛嬌ともつかない意味のない言葉を発し彼を嗤《わら》うのだが彼は一言も発しない。これがこの仕事の鉄則であった。ある飲み屋を尋ねられることはあったが、分かる限りのことは教えたが、ありがとうと言うのは半分もなかった。たまに気心の良い酔漢が千円を握らせてくれることもあったが、黙って頭を下げた。

海の水は涙ではないが、ふと大勢の人間のかつて流した涙なのかもしれないと思う。月は次第に光を海に射し、海はところどころが白く皓《ひか》っている。足は鎌倉の街を歩いた後だったので疲れて重かった。何年前にこの浜辺に来たのだろうか。もう昔のことだ。思い出すのさえ遠いことであった。妻を連れて訪れたのは彼が手術をする前この街を電車で通過したときだけであった。

彼の心象にあるいろいろなものは、誰それと関連があったというものでなく、彼の心の風景に去来する夢現ともつかぬ、ある時点でははっきりし、ある瞬間には露と消えてしまうものであった。

列車の中の妻の顔はいつもと変わらず何の変化も見られなかったが、彼の心は複雑であった。

悔やむべき出来事、失敗だったこと、一瞬の言葉のあやですべてが変化してしまったこと、あれはこうすべきだったと……。いやそうではない。……自分は心のすべてを曝け出して本音を語ったと。——しかし、——それは結果として彼が考えていたものと違う道程の話になってしまったとさえ思えること……さまざまな言葉が飛び交っていった。列車はごとごとと走るが窓の外の風景はどんなだったかさえ思い出せない。そして、海の波の下に蠢いているものは、いったい何だったのだろうか。足を洗う波は相変わらずうねっては漂っていた。

疲れた肉体を引きずってホテルに帰った彼は、テーブルに一本の冷酒とコップを置いて、いつまでも窓の外を眺めていた。海の中に入った足の触感がまだ残っていたが、夜半に近い浜辺は今ごろ静まり返り、月は高く煌《かがや》いている。

今ごろ、ホテルに送ってくれた親友は、寝床の中で熟睡しているだろうか。まだ起きているのだろうか。長い付合いであった。時の流れのように透明だったり、嵐の中に大きく揺れる大樹の叫びのような時もあった。

彼の生きている日本の反対側に行ってしまった青春のブランクもあった。しかし、こうして二人とも生きてきたのだ。そうだ、生きてきたのだ。彼が親友の家に一泊した帰りに、鎌倉に一人で一泊したいと言ったときの友のなんともいえない顔を彼ははっきり覚えていた。ときどき遠くより波の音が聞こえて来たが、その音は別の世界より響いてくるようにも感じられた。彼の心に映るものすべてが彼を呼んでいるようであった。

何故、今夜、いやこの時に、選りによって鎌倉にやって来たのだろうか。

それは彼の無意識のうちに、いやそうではない。何かはっきりとした感覚が自分の何処かにうずいているものが、浜辺の向こう側に皓っている月光の中に在ったと思った。それは衝撃だった。重たい苦悩だった。一瞬の暗闇が迫って彼の心臓を突き破った。すべての存在が消滅してしまうほどの破壊であった。頭の中が真っ白になってしまった生の終わりに近い衝撃だった。

あの日、その始まりで終わりであった日、二月十三日の日曜日だった。十三日の日曜日はその日であった。それは真実であり、事実であり、また虚無的でさえあった。

そして四ヶ月がその間にあった。彼はこの四ヶ月の間に、彼の人生のすべての空気を吸ったような、いや吸ったものをすべて吐き出してしまったようでさえあった。全身を包んだ虚無はますます巨大化していった。

その虚しい空気の中に彼は彷徨っていた。

もしかすると、彼はあの苦悩の日の第二番目の順番がそこに待っているのではないかと確実に覚え、その時から自然に足がこの海辺へ向かっていたのだと……。

六月の深夜は、深く眠りのうちにあったが彼のすべてはそのホテルの窓枠の中に、映し出された肖像画のようであった。彼の顔は疲れてはいたが眼だけは異様に輝き、美しいものを発見した人間の驚愕の表情があった。

彼のその眼にあったのは、あの十三日の友のデスマスクであった。そうだ、死んだもう一人の友人の顔であった。その友は一瞬のうちに生命《いのち》を失った。その友が逝く前の一年間は彼にとってその友が最高に充実したかのように見えたときであり、その友が密かに死を準備し、彼にそれを暗示していたときでもあったと思わざるを得ないいくつものことがあった。不思議な、快感と苦痛に満ちたパトスとロゴスの回転であった。

どうして、なぜ、彼はそれを読めなかったのか。確実性と不確実性の間にぶら下がった謎が回転していた。

その友は予感していたのか。準備していたのか。友が遺した小説、詩は何を語っていたのか……。それは作品だったのか。遺言だったのか。多くの矛盾に満ちた言葉が混合し、融和し、摩擦し合いながら飛び交って彼の心の底に深く重く沈んでいった。

この次は誰か……。などと同年の仲間が、さも次は自分だとでも言いたげに、暗に健康な己の肉体を語るかのごとく振舞っていたりしていたが、彼はこのときすでにそれは自分であることを正確に悟っていたのかもしれなかった。

この四ヶ月の時空は限りなく広く深く見え、また限りなく短く思えてならない。

六月の深夜はかくのごとく在った。疲れ果てた心と肉体が何かを支えなければならない時でもあった。彼は思った。あの花を。そうだ、それは月下美人の花だった。その花の性格を己に合わせてみる。たった一夜にしか咲かない花を。たった三時間しか咲かない花を。

今夜がその夜だと。友が迎えにきているのだと霊的に感じた。二月十三日……。

そしてもっと遡ると七年前の三月三十一日の朝を。いや、それは朝ではあったが、深夜の出来事であった。第一の友が倒れた深夜だった。三番目だ。これは確実に来る。

いつまでもこうして眠ることのない夜は続いていた。彼岸へ旅立つ前に為すべきことはしていたか。もうこれでいい、いやまだ何も始まってやしない。ふと彼は自分の手を胸に持っていった。鼓動している心臓が手に伝わる。生命とは……。限界とは……。そして死とは。死は在る。絶対的である。神は在るか……？　それは彼の理性を超えたところで在るのかもしれなかった。何も存在しないのかもしれない。すべて無に帰して虚無となってしまうのかもしれない。果たして、先に旅立った友人たちとの再会はありうるのだろうか。在る、会えると心の中で願っていた。心願の国が、彼が夢を見る時と同じように、きっとそれを開けて待っているに違いないと強く思った。

母の死に顔を見たあの時のことは、儚い瞬間ではあったがあんなに美しい顔だと思ったことはかつてなかった。九十歳を超えた老母の花に覆われた顔は静かに笑みを浮かべ、何の苦しみもなくすうっと去っていった人の影のようにどこかに消えていった。

山は風に荒れ、小さな砂利の塊がときどき吹きつけて頬に傷をつける。一瞬の風が吹き、空気が飛ぶと砂煙が舞って眼に当たる。ほとんど闇に包まれた世界は歩行を遮る。こうして四時間以上の挑戦が繰り返された後に、心も肉体も衰えて疲れ果てた瞬間に小屋に辿り着いた。「父ちゃん、やったね」と友人の息子は大きな声で彼に言うように叫んだ。その声は彼の心の声であった。富士山に登ろうと決めたときの雄叫びであった。完登ではなかったにしろ、八合目は彼にとって完全な成果であった。俺はやった、できたのだと無言のうちに歓声を上げていた。初秋の山は肌寒く頬を冷たい風が打つ。俺はついにやった。不可能と思われた自分の肉体を超えたのだ。どこも痛みはしない。足は棒のようだが、心は歓喜の波を打っていた。心願の国はまだ遠い。道半ばではあったが、もうすぐそこまで来ているのだと思った。

二月十三日。日曜日の夕方。また思う。

自分の才能を問う日記。「自分に才能はあるか。才能は確かにある。努力と機会がいる」と記していた。二十一歳の春。哀しい青春日記だった。

その友もいなくなった。人生の流れのうちに、あまたの生命が存在し、消えていった。それはこの世の流転だ。運命と宿命だ。

かれ歌をうたえり今日も故わかかぬ
悲しみどもにうち追われつつ

世の常の身のゆく末という言葉
いまは言葉にあらざりけり

死んだ友の好んだ牧水の歌であった。

六月の深夜はかくのごとく在った。彼は仕事の多忙の間に二編の自叙伝風の小説を書いていた。あの青春の貧しく哀しい放浪の歌であった。筆を取るともう止まらない。次つぎと頭に浮かぶ人生の荒波の流れは切っても切っても生えてくる蜥蜴の尻尾のように溢れてきた。

けれどもあの日から、二月十三日から彼の体力は次第に衰えて手の握力を少しずつ失っていった。だから彼は書くことを急ごうとしたが、時間がなかったのだ。波が次第に消えてゆくように力が減少していくのみであった。二人の友の死が、彼をここまで追いつめたのか。いや、彼は生来頑健な身体を持っていた。心臓は驚くほどの力を持っていた。故なき哀しみの病が、哀しみの心が彼を襲ったのに違いない。

何の運命のいたずらか、得体の知れぬ病魔が体に住み着いていたことは確かだった。彼は山を登ったときに自分はついに克ったと感じながら、体はそうはならなかった。

まだだ、まだあると遠くを見つめながら彼の無意識下の何ものかが少しずつ暗いところへと連れてゆく。

由比ヶ浜の深夜、暗い闇の向こうに、おぼろに月が浮かび、薄い霧のような雲がゆるやかに流れている。

六月二十五日。二人の友が彼の自宅にやって来た。彼は手術を二十九日に控えていた。医師に外泊の許可を取り、自宅に二人の友を迎えた。何か二人の友の眼は静かで彼の心の底を探るように言葉少なだったが、彼は相も変わらず陽気に振舞った。妻はそばで正座して厳しげだが微笑を浮かべて、夫と二人の友の会話に耳を傾けていた。時々その眼に一抹の哀しみが浮かんだり、遠くを凝視《みつ》める虚空の眼があった。外は夏の日が照っていたが、部屋は涼しかった。彼は立ち上がると、「僕の部屋へ」と言って先に立ち、ゆっくりと階段を上り自分の書斎を兼ねた寝室に案内した。

左に出窓があり、何冊かの本が重ねてあり、蘭の花が置いてあった。南の窓は高く、庭に向かって部屋は明るかった。

七年前に逝った画家の二枚の画が彼のベッド側の壁に飾られていた。画家の好んだ荒々しく燃えるような油彩の薔薇の画とパリ時代に描いた水彩の女性のヌード画であった。

出窓のところに机があり、原稿用紙とペン立ての中に万年筆が数本と鉛筆が立てかけてあった。彼は夜更けまで寝付けずにいる夜が多く、深夜に友に電話することがあった。不思議なことに、そういう時に、先に逝った二人の友は起きていることがあり、彼の一方的な話に耳を傾けてくれることがあった。

「今何時だと思っているんだ」と叱られたこともあったが……。

彼は全く健康そのもののようで夕食をとろうと言った。ちらっと妻は夫の顔を見た。手術を控えた外出での夕食は疲れるだけであろうと、適当な頃合と見て二人の友が立ち上がりかけると彼は残念そうにじっと友を見ていたが、いつもの笑顔で「何の心配もいらないから」と低い声で言うと友の後について玄関に出た。

彼と妻は門の前に立ち、去りゆく二人の友に手を振った。

妻が二人の友に向かって

「これが最後かもしれませんよ」と言うのが何か嘘のように響いていた。二人の友はその声にたじろぎつつも立ち止まるわけにもゆかず不安な心持ちで手を振ると車に乗った。暑い夏だったが二人の友は少しも暑さを感ぜず車中で沈黙していた。

二十九日になった。十年前のあの五時間の空白の、白い部屋の再現が待っていた。

他者に自分の体を、いや肉体ではなくて、己の生命を預けて何時間もの空白の時に横たわることは、苦痛でもなく自然体のようでさえあった。何事にも解脱したような、時空を超えた感性が充分身について、そのときが到来しても平常感が彼の表情に映っている。

そう見えたのは他者だけだったのだろうか。冷静に自己を他者として深層を見つめる観察眼が長い間の訓練と経験から出来上がっていて、直接的な苦しみや恐怖感は近寄ってはこなかった。

ただ、白衣に囲まれて、またもや十年前と全く変わらない、感情のない無機質で清潔な手術室に入っていく自分がそこに居ることだけが頭を横切ってゆくだけだった。

それは再出発のシグナルであり、希望への一歩であった。何の不安感も、一抹のおののきさえもなく、すうっと穴の中に浮いてゆくような白い霧が漂う空間が見えている。

そうなのか……。今、きっとこれは、中陰の木陰の中に居る自分なのだとさえ思われた。

あるいは、何の苦労をも伴わないで、すうっと無力のうちに富士の山頂に舞い上がっていく空間の中に自分がいるような錯覚さえそれは与えていたようだ。痛みも、苦痛も、恐怖でさえも、すでになく、ただ絶対という時空の闇の中へ誰かに招かれて飛んでいる自分をかすかに感じるだけだったのかもしれない。何故だろうか……。

冷たい海の水は足元に流れ着き、眼は薄暗い夜の影でかすかに笑っていた。

笑いはこの世での祝福であり、喜びであり、また耐えがたい苦悩の表象でもあった。

彼は充分に理解していた、その時がいつか訪れることを。

死ではなく済生であり、すべての形が消えると同時に別の己がそこに再現することであった。

限りなく無に近い有であった。

遠い道

プロローグ

勇の耳に今でも静かに、ゆっくり、懐かしい悲しみと哀調をおびたあの「芭蕉布」の唄が聞こえてくる。淡いブルーの海の色と風のたわむれ、高い棕櫚の木のそよぐ葉。白く光る日光。それは沖縄。沖縄が日本に返還された直後から、勇は仕事の関係で、年に十回程度出張のため沖縄を訪れていたが、その南に一時間位で行ける台湾を訪れることは一度もなかった。日中の仕事と疲れをいやすべく人々の中に飛び込んで蘇《よみがえ》る夜の街で、地元の人々と交わって飲む酒の楽しみに明け暮れる繰り返しと、たまに時間ができると、客に案内されて訪れた観光地の異国情緒に溢れた思い出だけであった。

勇の心の底にときどき霞のように浮かんでくる幻は、この沖縄の光と影の向こうにある台湾であったはずだ。

国際通りは賑やかで、夜半の十時になってもまだ明るく、東京の人間にとっては、この時間は自宅に戻るか、すでに家に居るころであったが、ここはこれから夜の繁華街の宴が始まるのである。九時に居酒屋に入っても客はほとんどいない。それは初めての勇にとっても発見であり驚きでさえあった。ピークになるのは大抵夜半近くである。それでも沖縄の人たちは翌日、きちんと定刻に会社に姿を現すのである。その上にほとんどの人は人なつっこく親切で、閉鎖的なところは全くと言っていい位皆無であった。

十年位こうして勇は沖縄に通いつめて、多くの知己を得た。人々はいろいろの血が混じっているのは歴史が示す通りであるが、南方系の色の黒い毛深い、体の大きな、眉の太い大きな黒い眼をした人たち、朝鮮系の細長い顔をしたスリムな誇り高い人たち、その中にあって、ときどき見かける女性の中に、白人に近い白い肌の高い鼻をした美女は何処からやってきたのだろうか。いろいろな人によると、戦後の米兵との間にできたハーフではなく、昔からあのような風貌を持った人たちがいるとのことであった。何処からきたのだろうか。

戦後二十七年間、米軍の占領下にあり、日本に返還されてからも、日本にある米軍基地の七十五パーセントが、この小さな島の沖縄に集中しているのは、どんなふうに考えてみても痛ましいものである。

この島の一等地の大半を占有し、広大な敷地に軍の飛行場や施設、学校、病院、そして特定の人でない限り一般の日本人は立ち入り禁止なのである。

一度読谷村の近くにある沖縄国際ゴルフ場にいく途中の嘉手納基地に、真っ黒で巨大な鷲のような頭を見せて、飛行場にあった怪物のごときB52の爆撃機を見た時の恐ろしさは今でも忘れられないものだった。

こうして、十年間沖縄に通った勇は、その間ついに台湾に行くことがなかった。台湾はあの悲惨な戦争が終わるまでの幼年時代を過ごした故郷であった。

1

一九八×年四月二十九日、勇はついに台湾に旅立っていた。晴れた空より眺める眼下の沖縄はまた懐かしく、コバルトブルーに輝く海に浮かんでいた。羽田より三時間弱の沖縄、そして一時間ちょっとすると高雄空港に勇は立っていた。

南国の強い日射しの中に、棕櫚の樹が立ち並び、やや肌に暑い光が空中に満ちて風が流れている。昭和二十年八月十五日に戦争が終わってから四十数年が経っていた。高雄空港についに勇は帰ってきたのだ。

ガイドの呉さんは、勇より若干若い台湾の人で、日本語はもとより、英語も自由にこなせる台北大学卒業のインテリである。台湾のガイドは、かなり高度な知識と教養を要求され、国家試験に合格しないと資格が取れないのである。高雄の街は、勇の忘れることのできない故郷の一つであった。中国の青島市に生まれ、百日も経たないうちに、盧溝橋事件が発生、政府より日本人は国に帰るよう命令が出ていたからである。一旦日本に帰った勇は、また両親に連れられて、数ヶ月後に、今立っている高雄市の近くの小港町という、太平洋に直接面していない内海の近くにある日本人学校官舎に入ったのである。現在この港町は高雄市の一部になり巨大な港湾となっている。

勇はバスより下車すると、夕食までにはホテルに帰るが、これから自分の育った港町までタクシーで訪ねると呉さんに伝えて、台湾ドルがないので一万円を両替してもらった。呉さんは女性のガイドに両替するように依頼してくれた。勇はその台湾ドルを数えもしないで道に待機している日本語の使えるタクシーを拾うと小港に向かった。胸は明るく照りつける太陽の下で躍るように鳴っている。二十分もしたら、四十数年前の小学校と、もしかしたら、住んでいた学校の裏の官舎が見られるかもしれないと想像しながらドライバーに道を聞いていた。台湾小港国民小学校の正門の前にタクシーは止まり、ドライバーは指さして、あれがそうだと言った。勇はその学校を見上げていた。

華やかな黄金と、赤や緑のモザイク模様の正門と、その中に立派なコンクリートの三階建ての学校があった。あまりに立派な、見たこともない中国風の建物は、勇の記憶の中にある学校とは全く違ったものであった。

驚きのあまり、しばし茫然と空を見上げるようにして立っている勇に、ドライバーはにこにこしながら、「立派な学校でしょう」と言っている。頭の中に、無数の記憶があり、その装置の一つが完全に壊れてばらばらになり、散らばってしまったように感じられてしようがない。

しばらく、昔校庭にあった巨大なガジュマルの樹が何処にあったのか考えてみたが、方向が全く分からない。ドライバーに聞くが、そんな樹は知らないと返事する。戦争が終わって間もなく壊されて建て替えられたのか、しばらく使われた後に今の学校になったのだろうか。あの厚い大きなコンクリートで作られた円い形の灰色の塀は何処にもない。

勇が知っていた学校は高床式に似た木造であったが、床はコンクリートで、その下が確か四十センチくらい上がっていたと記憶していた。幼なじみの友と、その床の下に入り何処からか手に入れたタバコを吸ったことがあった。どうしてあんな悪いことをしたのだろうか。ドライバーに案内させて、今も残っているという官舎に向かった。今の学校の横道に並んで大きな棕櫚の樹が数本立っている。

その右側の方に広い緑の芝生の生えた庭があり、長屋のような茶黒く寂れた木造の平屋が三つ並び、その隣に一戸建てが何軒かあった。勇が見ていると道を歩いている二人の中年の男が近づいてきた。ドライバーが中国語で説明したらしい。すると、長屋の玄関からも数名の男女が集まってきた。長老格の男性は上品な顔立ちで背が高く、黙って勇の顔を見ていたが、ほかの四十代の二人の男性は下着一枚で何か大きな声で手を振り上げたりして説明しようとしている。勇は長老に向かい、こういう者だが昔住んでいた家はまだあるだろうかと尋ねてみた。こちらに来なさいと合図をした。長老の後についていくと、一番奥の方にやや大きめの一戸建てがあったが、勇のイメージとはちょっと違う建物のように思えてならない。

庭にバナナの木、マンゴーの木、そして大きな龍眼の木などあったはずだが、さつきのような花がたくさん咲いている庭に石榴《ざくろ》の木が一本あった。

人間の記憶というものはあまり当てにならないものだ。何年も経つと、実際のものが幻想化され、想像物となって本人の好む方向に向かっていってしまうのだろうか。

あのトイレの窓より手を出して取れたマンゴーの木も、裏の庭のすぐそばを流れていた小川もなかった。その小川のそばの道の向こうは砂糖黍の畑だったはずだが。裏の道が左方向に、台湾製糖に勤める人たちの官舎がたくさん並んでいた。それももう見られなかった。

写真を何枚か撮ると勇は長老に謝辞を述べてタクシーに戻っていった。

2

勇の家は学校の裏の一番右側にあった。その家のずっと右奥に大きな神社があったが、学校の正門を通ってから左に曲がってからでないと行けなかった。神社に着くまで入口より左右に鬱蒼と繁った林があり、道の両側の石に狛犬が座っていた。この神社のその右側に民間会社に勤める人たちの家が数十軒も並んで建っていた。台湾製糖に勤めている人たちの子供や、別の民間会社の子供たちが通っていたのがこの小港国民小学校である。勇が覚えているのはまだ学校に入る前の幼稚園児のころからだが、これも定かな記憶はない。

いくつの時か、勇は母に連れられバスに乗り町の大きな病院に通い、腕に太い注射を数回されたことがあったが、あれは何の病気だったのだろう。太い注射器をはっきりと覚えている。痛いとか、恐ろしいとかの記憶ではなく、恐ろしく太い針が目の前に浮かぶだけだった。まだ戦争が始まっていないころだったので、南国独特ののんびりとした時の流れと、放ったらかしにされることの多い幼児というよりも、いたる処が遊び場であったり、楽園であったために、母の言うことなど聞かぬ幼児の自由天国がそこにあった。

ある日、神社の向こう側の住宅に恐ろしい事件が起こった。この住宅の一軒に住む平田という親子が、息子は十八歳位だったと思うが、何の理由かはっきりしないが鉄砲を持って、誰かを撃つべく街の中を歩いているということだった。何かの復讐なのか、喧嘩なのか、住民たちは恐怖に包まれて家に閉じこもり、警察がこの親子を探しているということである。幼児にこのようなニュースが流れてくるというのは今ではよく分からないが、なぜか伝わってきた。ただし、その後の結果がどうなったのかは覚えていないのだ。

またある時、この住宅街に集まった子供たちが一軒の空き家で探検ごっこをしていた時のことである。大きな二階建ての空き家の中で、かくれんぼをしていて、二階の天井を誰かが開けた時に大きなレンガが落ちてきて、その子の頭に当たり血だらけの大怪我をしたことがある。

住民が大騒ぎになり、救急車で運ばれていった。学校でその後子供が空き家で遊んではいけないという訓告が出た。

この土地は、太平洋に直接面しておらず、内モウコウと現地で呼ばれている内海に面していた。この内海の海岸は波が静かで、岸辺より内海に向かって広い泥んこの海岸があった。この泥んこにいろいろな生き物が生きていた。

まず「しょんべん貝」である。この貝が泥の中に潜って穴から水を二メートル位吹き上げる程のは壮観であったが、人が近づくとぴたりと水を吹くのを止めるのである。子供たちはこれを「しょんべん貝」と呼んでいた。学術的には何という貝なのか今でも分からない。

次は大きな穴の中に潜んでいる「台湾蟹」である。手を直接入れると挟まれて危険なので、子供たちは手を厚い布で被って肩まで穴の中に腕を入れると、蟹はその爪で嚙みついて放さない。そのまま穴より引きずり出して取るのである。濃い灰色をした大きな蟹である。
それに今では多分九州の諫早などの干潟で見られる「むつごろう」と思われる泥の上を這い廻り、人が近づくと蟹のように穴の中に潜り隠れてしまう「うどんこ」と呼ばれる生き物がいた。

海の白い波の上を群れをなして飛ぶ魚がいる。海面の上を何メートルも飛び上がり、羽のように鰭を広げて飛ぶのである。群れをなして飛ぶこの魚の空中に浮いた姿は壮観で、また食すると脂の乗った香りのよい味がした。「飛び魚」と呼ばれた魚で、現地の女の魚売りが天秤に籠を下げて夕食前になると「奥さん、魚はいらんかねー」と声を長く伸ばして売りに来る。真っ赤な鯛や色々の貝、色鮮やかな緑色の胸をしたものや、大きな鮪《まぐろ》、それに蟹や海老など。のどかな夏の日の夕げの前の一風景である。

この豊かで静かに漂う海に現地の人が竹の筏に乗って、飼うのは無数の家鴨の群れである。

家鴨を盗んだり、傷をつけたり、さすがに悪童どもはそういうことをしなかったが、岸辺が海水で洗われてできた深く浸食した穴の中に、ときどき数十個の家鴨の卵が見つかることがあった。

子供たちは、これを見つけると現地人に見つけられないようにこっそりと取ると、籠に入れて市場に売りにいくのだ。市場の親父たちは分かっていたが、安く手に入るので買ってくれるのである。多分、タバコを手に入れて吸っていたのはそのような時の金であったかもしれない。

勇の家の隣は校長先生の家で一人娘がいた。勇より一歳上のおでこの大きな鼻の小さな女の子だった。ヨッちゃんと皆が呼んで可愛がっていた。

それは夏の日の午後だったと思うが、両家の中間にコンクリートの箱のような、ちょうど風呂みたいなものが何のためか置いてあった。

どのようなきっかけと弾みがあったのか、勇とヨッちゃんは真っ裸でこの箱の中に入り、お互いの体を見せ合っていたのである。

夢中になっていた所に、ヨッちゃんの父である校長先生がこれを見つけて大声で怒り、ヨッちゃんを抱えると鶏小屋に鍵をかけて閉じ込めてしまったのである。その日の夕方暗くなってもヨッちゃんの泣き叫ぶ声が勇に聞こえてきた。自分の罪とヨッちゃんが可哀相で一人で泣いていたことを思い出すと、勇はなぜか心が沈むより楽しくなってくるのである。俺にもあんなことをしたことがあったのだなあと苦笑いが出てきた。

夕方、勇がホテルに帰ると呉さんがツアー一行と待っていてくれた。皆でバスに乗り、大きな河のそばにあるレストランに入り、河の上に作った床の上に並ぶテーブルを囲んで台湾料理の夕べである。蒸した蟹と海老、貝と点心が並び、紹興酒を注文し談笑しつつ夜の空を見上げて高雄の街の、あの夜の屋台の賑わいを頭に描いていた。父に連れられて幼い勇は何回か高雄のマーケットに行ったことを覚えている。無数のテントの中に大小さまざまの魚や色鮮やかな野菜、果物が並び、鳥や魚の焼ける匂いを嗅ぎながら、たくさんの人たちが声を張り上げて商売をしている中で、屋台に座って酒を飲んでいる人たちがガヤガヤやり合っている。楽しくてしようがないマーケットだ。

もう一度訪ねてみたいものだと心で呟いていた。

3

懇丁《コンテイ》のホテルの正門を出て、勇は背の低い蘇鉄の樹がたくさんある、緑の芝生に彩られた岬の方に歩いていた。碧い空に白い雲がゆったりと流れている台湾最南端のこの地は心の洗濯をしてくれた。足の下に柔らかな芝生が生え、頬をなでる風は温かで、高雄での紹興酒の酔いも、もう残ってはいなかった。

しばらく、このなだらかな斜面の丘で芝生に横になり空を見上げていた。

昨夜の宿の出来事は五十歳になった勇に学生時代を思い出させる。旅装を解いて身軽になると、一階の奥にあるバーに足を運んでいた。懇丁には現地の学生の観光客もかなりいた。カウンターに座って紹興酒を飲んでいると、五人ほどの若い学生とおぼしき台湾の男女が勇の隣に来ていた。

この現代っ子の台湾人学生は賑やかでお喋りである。勇はちょっと聞いていたが、つい口を出してしまっていた。自分が戦前台湾に七年住んでいて、今、昔を尋ねて旅をしているのだが、台湾も変わったとか英語で言っていた。

そうこうしているうちに、勇の左に二人の女子学生、右側に三人の男子学生という席になり、勇の酒はすでに空になっていた。一本追加して学生たちに振る舞い、一時間以上も談笑していた。勇は彼らから質問攻めに合っていた。返答が正しかったかどうか、学生たちの顔つきでは判断できなかったが、勇はこんなに若い人からいろいろと尋ねられたのは久し振りというより初めてのような気がする。この好奇心の強い台湾の若者たちはきっとよい国を作るに違いないと思う。別れる時に握手攻めに合った。

岬からホテルに帰ると、もうバスが待っていた。一旦高雄に戻り、高雄から飛行機で花連に向かうことになっている。花連《カレン》は勇にとって一生忘れられない父との思い出があった。世界有数の名峡谷である太魯閣《タロコ》は、今でこそ細い道を切り開いてバスが完全に通れるようになっているが、昔は歩くだけでも恐い位であった。

その日は、正午ごろに花連中信ホテルに着いた。この街の美しさは、あの有名なタロコだけでは決してない。街道はあくまで広く、大きな高い樹が空に聳え、海は静かで、美しいだいだい色の無数のこぶし大の花が枝の下ではなく、上向きに咲いていた。

この花の木は、ワタノキと呼ばれ、刺のある幹に枝が水平に伸び、葉が出る前に開花するそうだ。おぼろげではあったが、スペインの何処かで見たような気がしてならない。この珍しい花の木以外に、若草色の葉を大きく横に張った木が並び雄大な風景を作っている。


高雄市の郊外に有名な登清湖《トウセイコ》という風光明媚で広大な湖と、オレンジ色の屋根の弓なりに反り上がった三段の塔や、ピサの斜塔のような白い壁に七段の観楽台がある塔があり、湖の上に並んで立っている薄い茶色の壁の四段の屋根の展望台は、巨大な虎や魚の口の中を入らないと通れないようになっている。そのような建物が湖の周りにいろいろあった。また湖の彼方に圓山飯店高雄店が宮殿のごとく厳かに見える。この湖の白い美しい石で造られた長い橋を渡り、また小港での幼年の時が帰ってくる。

4

花蓮の街に入り、ホテルで一休みするともう夕食会であった。早々と夕食を勇は済ますと夕暮れの街に一人で歩き出していた。

広い石の舗道の海岸寄りの方に一段高い人道が大木の下に長く続いていた。人影もなく、海の潮風がそよそよ吹くこの舗道を散歩して、海の彼方を見ていると、この街の山の中に有名な断崖絶壁と、何十メートルにもなる深い峡谷の川の流れのタロコ（太魯閣峡谷）を思い出す。明朝バスで登るのだが、勇の心の中に甦ってくるタロコは全く別の景観であった。

あれは勇が何歳の時の出来事だったのか。

勇は三十代の父に背負われていた。小石だらけの細い舗装もされていない山道を、父が杖を手に一歩一歩踏みしめて登っていった。タロコの右側の断崖は何十メートルもある谷底で、その反対側は、いまにも崩れそうな岩が幾層にも重なって、道の上に覆いかぶさり突き出ていた。何万年前の断層なのか、灰色や艶々した巨大なさまざまの色と形をした岩を縫って、淡い白い波を立てて流れる川、また流れが緩くなった所の、川の深さの分からない緑色をした不思議な場所、またはものすごい勢いで激流の如く流れる川、この深山の中の、巨岩と川の、その岩肌にしがみつくように立っている松の木々があった。父の背にもたれて、疲れからか、うつろな眼と反対の好奇心と驚きで、勇はこの悠大な眺めを食い入っていたに違いない。何処で車を、いや馬車を降り、徒歩でしか登れないタロコの険しい道を上へと入っていったのであろうか。

タロコの、今ではどの辺にあたるのか不明なところにある縄と太い蔦で作られた細い板の吊り橋を、父に手を取られて渡ったことがあった。

十メートル位だったのか、もっと長かったのか、高砂族の精悍な顔の二人の青年案内人を連れて山の中に入っていったのである。

これはまだ戦争の始まる前のことであったのは言うまでもない。その夜、勇は高砂族の中にいた。背が高く眼が鋭く、やせて精悍だが、皆一様に親切であった。

その夜にどんな歓待を受けて何をしたのかは全く覚えていない。

この時、母がいたのかどうか、全く記憶にはないし写真も残ってはいない。

朝バスの中から見えた花連の薄く霧の掛かった街を後に一路タロコに向かった。ガイドの呉さんの上手な日本語はとても爽やかに耳に響く。

もう現在のタロコは完全にバスが通れるように舗装され、崖の方は転落防止用の赤色に塗られた太い鉄の柵が作られて人の歩く小道がある。しかしバスがお互いにすれ違うときは、やはり片方が待機場所で待たないと通過することは難しい。

聳え立つ険しい絶壁に緑色の苔がむしたように生えている。岩に低中木の松や、その他の木に混じって、色鮮やかに咲いているブーゲンビリア、名も知れぬ若草模様の中木の美しい雰囲気、その奥に白く光って見える岩肌、そして下に目をやると、白、灰色、黒、やや緑がかった層のついた岩に触れて深いコバルトブルーの川が流れてゆく。此処の小高い岩の上に赤みがかったオレンジの屋根をした休憩所がある。狛犬が待っている石の橋を渡り、川の流れの殆どない上流の無数の大小の岩に降りて、周囲を見渡すと、もうそこは爽やかな風と樹々と花の香りに包まれた桃源郷であった。何処かで小鳥が遠くの方で囀《さえず》っている。

タロコは台湾の最大の景勝地で、大理石による大峡谷が四十キロも延々と続き、うねるような曲がりくねった山中に掘られた山道の下に、浸食された巨大な絶壁が広がっている。同行のメンバーの一人がこの赤い鉄柵に立ちながら、数年前に一緒に旅行した人がこの柵に寄りかかり、突然柵と一緒にあっと言う間に谷底に落ち消えていったと話していた。

その夜、この地の先住民のアミ族の踊りと祭りに参加した。勿論、このアミ文化村民族舞踊団は観光用に構成されたもので、舞う衣裳などは赤や黄色、緑と白、さまざまの模様で彩られて眼も眩いばかりに美しい。踊る男はたくましく女性は色白で美しい。特に女性が頭に被る飾りの扇を広げたような赤、白、緑、ブルー、黒などで縁取られたものは見事である。

夕刻、太鼓の音や歌声に合わせて、それらの美女や、あるいは昔は綺麗だったに違いない中年の踊り子たちと手を交互に取り合い、輪になって勇も踊っていた。勿論、勇も鳥の羽の飾りを頭に付け、腰に赤と白のヒモを巻き太鼓に合わせて、まるでアメリカの先住民になったみたいに踊っていた。

クラシックも良いが、古い時代の儀式に従って、原始的な太鼓のリズムに耳を傾け、女たちと踊る夜半のアミ族ダンスは勇にまたもや遠く去っていった昔を思い出させていた。

5

もう激しい空襲が小港町まできていた。毎夜のごとく学校の神社のそばの校庭に掘られた防空壕の中に、防空頭巾を被って数家族の人たちが警戒警報のサイレンが鳴ると、逃げるようにして家を出て避難する日々が続いていた。食事を家でゆっくり取ることなどもうできない程になっていた。家の薄暗い部屋で食事を取ろうとすればサイレンが鳴り始める。一度、サイレンが鳴り、母と四人の子供が防空壕に走り、母が一番下の三歳の弟に「立ちなさい」と叫ぶが弟は立たないで泣いていた。子供たちの名を叫びながら、気がついてみると、母は弟の両足を握って走っていたのだった。両手と頭を下にした幼い弟は立てるはずがない、ただただ泣き叫ぶだけである。このような毎日の空襲は次第に激しくなり、ある夜、ついに学校より五キロ位離れた所にあった台湾製糖の工場が、爆撃されて燃え上がった。

ドスーン、ドスーンと深く響く爆弾の音と同時に、火の手が何十メートル上がっていたのだろう。防空壕の中にズシーン、ズシーンと揺れて爆発の音が聞こえてきた。何時間も、何時間も、止むことのない爆撃が執拗に繰り返され、恐怖と汗で、熱くなった躰は蒸し返るようになっていた。防空壕の中の暗闇の空気は、よどみ、うだり、土と人間の蒸すような臭いが立ち込めていた。

ようやく空襲警報解除のサイレンが鳴り、外に出ると、夜空に真っ赤な炎と煙が何十メートルも上がり、メラメラと燃え上がっていたが、しばらくするとけたたましいサイレンの音と同時に、数台のトラックや車が学校に入って来る。大勢の大人たちが担架に怪我人を乗せて駆けずり廻っている。その中の数人が、家にどやどやと入ってくるなり、「奥さん、布団を出してください!!」と叫んで押入れを無断で開け、布団を運んでいった。何十人という火傷を負った負傷者が、学校の中に横たわっていた。その中に、皮膚が焼けただれて腕からぶら下がっている人がいた。

阿修羅のような惨劇が勇の前で展開していた。この工場の空襲で何人の人が亡くなったのか勇には分かるはずもなかった。

台湾製糖の工場は燃えつづけ、三日三晩、赤い炎をめらめらと天高く上げて延焼していたのをはっきりと覚えている。焼け跡から、子供たちは、黒焦げになった砂糖の塊を拾い食べたのも覚えている。もうあれは昭和何年の頃であったのだろうか。米軍が台湾に上陸してくるという噂が広がり、恐怖が瞬く間のうちに広がっていった。どの家族か覚えていないが、早めに本国に引き揚げた方がよいと考えて、それができた人たちが、海上で潜水艦に撃沈されて全員死亡したというニュースも流れてきた。勇の父は四人の子供と若い母を残して、最年長の老兵として赤紙をもらい、もう一年前に南方に出征していた。若い独身の先生たちで召集された人がいたとは聞いていない。今思うと、どうして、幼い四人の子供がある中年の男が召集され、若いはつらつとした青年に赤紙が来なかったのかという矛盾に、怒りがむらむらとこみ上げてくる。

ある日、勇が防空壕の中で頭巾を被って避難していたときのことである。大きなズシーンという音と同時に、防空壕が大きく揺れて、土がばらばらと天井より落ちてきた。もうこれで終わりかと幼心に思ったものだが、学校の大きな石の塀に当たった五百キロ位の爆弾は、破裂せず十メートル位土の中にもぐったままであった。もし、爆発しておれば、あの時防空壕にいた全員が死んでいたろう。

警報が解け、軍隊と警察が大勢集まり、この不発弾を除去すべく作業をした後に、学校からどの位離れていたのだろうか、勇たちが平和なときに遊んだ海岸で爆発させたのだ。

この時の爆弾の破片が神社を通った人に不運にも当たり、片腕を失くしたと聞いたのはいつだったのだろうか。


また別の日のことであった。勇が家の庭で立っていると、碧い空の何千メートルか分からない程の上空に、白く光る金属が見え、キーンという音が聞こえてきた。それは動いているのか、止まっているのか、分からない程に高いところに光り浮いている。カーチスという戦闘機であった。

これとは別に恐ろしい攻撃を受けたことがあった。何の音も聞こえない昼時に、突然空にエンジンの爆発するような音がして、黒味がかった機体が学校めがけて機銃掃射をした後に、機首を上げて飛び去っていったことを思い出す。学校の庭に二メートルの間隔で、斜めに小さな穴があいていた。この戦闘機はグラマンと呼ばれていた。この小さな街でも不幸なことに大勢の犠牲者が出たが、勇の知っている悲劇は、哀れを催すものであった。それは、同じ学校の先生で、新婚早々の若い夫婦の死であった。二人は防空壕の中で重なるようにして亡くなっていたということであった。

なぜ戦闘機に狙われたのか。後で聞いた話によると、この若い夫婦は、自分たちの防空壕の入口の所に、赤い布団を掛けていて狙われたとのことで、夫は鉄兜を撃ち抜かれ、妻は夫の下で胸を撃ち抜かれて亡くなったのだという。どうして戦闘機の目標になるような赤い布団を入口に掛けていたのか謎であった。


この学校に駐屯していた兵隊さんたちは全員南方の戦地に転戦していった。

まだ空襲がなかった頃に、よく兵隊たちの運動会があり、母と子供四人の勇の家に、優勝したり入賞した兵隊さんが、茶色の楕円形をした飴玉を持ってきてくれたりしたものである。母はまだ若く、かなりの美人と言ってもよい方だった。そのうえ夫を戦地にやり、幼い子供を四人も抱えているのを哀れに思ってくれたのだろうか。それとも日本に残してきた妻や子供を思っての行為だったのだろうか。そしてみんなは暑い南洋の戦地へと帰らぬ人となって散っていったに違いない。

その中に、加藤中尉という二十五歳くらいの青年がいた。よくプールで泳いでいた。プールの向こう側より泳いで、勇が立っている方に来ると、ひょいと頭を上げる。そこにオットセイのようなちょび髭が、だらりと両側より垂れた中尉のおかしげな顔があった。

家に来ては、なにくれとなく缶詰や食品を置いていってくれた人だった。優しい人だった。

間もなく戦闘機ではなく、何十機と群れをなして高々度に銀色に輝きながら轟音を立ててB29が飛来するようになると、小港町はもう危険であった。知人の男性に相談にのってもらい、奥地の山の中に疎開することになった。

必要なものだけを持ってトラックで逃げることになった。旗山だったのか、その奥の六亀だったのか覚えていないが、かなり山深い奥に入ったはずである。家などというものはなく、高床式の蔦を敷いた現地人の家の床に重なるようにして家族で寝たのであるが、体が痒くて眠れない。

朝起きて体を見ると赤い湿疹ができていた。虱に食われていたのである。無数の虱である。しかし、もうここには空襲はなかった。

勇は山の中の紫色をしてとってもよい香りをした杏の実を取り、食べるのでなくこれで投げ合いっこをして遊んだ。子供の手の中では、野球のボールのように大きかった。もうそのころ勇は国民小学校の一年生だった。

小港から、この山の奥へ逃げる途中の出来事は一生忘れることのできない恐ろしい経験であった。どの辺だったか、周囲に何の隠れる場所のない、道路の両側は芋畑だった。トラックに乗って疎開中の昼頃に突然一機の戦闘機に発見されて襲撃されたことだ。

突然後ろのほうよりゴーという音がすると、一機の戦闘機が機首を傾けながら、トラックを狙って襲って来た。ダダダーという破裂するような音がするとパッパッと弾丸が飛んで来る。その直前に男性が「逃げろ」と大声をあげてトラックを飛び降り始めたが、小さい子供は降りられない。抱えるようにして下に降ろされると一斉にトラックのそばの芋畑にうつ伏せになった。ダダダーと二回ばかり戦闘機はトラックを狙うと機首を上げて去っていった。

何日、何ヶ月そこに生活していたのか記憶にないが、やがて戦争は終わった。山を降りて小港に帰ってから、日本に帰る間にまた大変なことが起こった。

中、高校生くらいの十五歳より十八歳くらいの日本人の幾人かが、敗戦と同時に現地の住民に襲われ、井戸の中に投げ込まれる事件が起こった後で、今度はどういう身分の人か分からないが、現地人に嫌われていたというより、現地の人に対し戦時中に恨まれるようなことをしたのだろうが、蛮刀で首を切られて殺されるという事件が起きたのである。砂糖黍畑で待ち伏せをされ、何人かに襲われて惨殺されたのである。

6

祭りと踊りは最高潮に達していた。ミス・プリンセスに選ばれた美しい娘と、若い男の結婚式の歌と踊りと儀式が始まった。若いカップルが皆の前で頭を下げて一周して踊る。籠に乗せられてまた一周する。そして観光客の前に恭《うやうや》しく並んで頭を下げている。すると老人が一人の日本人の男性の腕を摑むと中程に連れ出して、婿の役をするように指名した。驚く暇もなく中年の肥った男性は、次々に飾り物を付けられて、ミス・プリンセスと手を引かれて、見物人たちの前に連れ出されたのである。照れくさそうに、嬉しそうに、それでも勇気を出すかのように、この男性は老人と花嫁の指示に従って、先ほどの儀式をさせられ、無事終わると、汗だらけになり、腹をつき出し、自分の席に戻ってくると万雷の拍手をもって迎えられた。ふとよく見ると、奥さんとおぼしき女性が、ちょっと不満顔で席にいたが、本人は大満足の顔であった。

こうして楽しいアミ族との一夜は過ぎて行った。帰りに一行は美しい娘たちや長老に送られてバスの中に入って行った。

勇は独り街を歩きたいと思い、ホテルを出ると海岸に出た。涼しい風が吹いて潮の匂いと花の香りが漂っている。海は何処までも遠く闇の中にうねっていた。

タロコという景勝地にありながら、街は静かであった。紹興酒を飲み、緑の山の中に鮮やかに白く花を開いている桐の花が、眼に浮かんでくる。

今夜で、夢にまで見た花連の街と、父の思い出を胸に抱いて去らねばならない。

懐かしさと哀しみに似た感情が、山中に白く浮かんだ桐の花のように闇の中に漂い、勇は海岸にじっと立っていた。

――雨《(ウ》夜《ヤ》花《ホエ)》――

一、雨《(ウ》夜《ヤ》花《ホエ》　雨《ウ》夜《ヤ》花《ホエ)》
　受《(シュウ》風《ホン》雨《ホ》　吹《フェイ》落《ロ》地《チ)》
　無《(ボ》人《ラン》看《クウア》見《キイ》　毎《モイ》日《ジ》怨《ウアン》嗟《ツエ)》
　花《(ホエ》謝《シャ》落《ロ》地《ト》　不《ッ》再《ツアイ》回《ホエ)》

二、花《(ホエ》落《ロ》土《ト》　花《ホエ》落《ロ》土《ト)》
　有《(ウ》誰《シャ》人《ラン》　可《タン》看《クア》顧《コ)》
　無《(ボ》情《チエン》風《ホン》雨《ホ》　誤《ゴ》阮《グン》前《ツエン》途《トオ)》
　花《(ホエ》蘂《ルイ》那《ナ》落《ロ》　要《ペエ》如《ズ》何《ホー)》

1、雨の降る夜に　咲いてる花は

風に吹かれて　ほろほろ落ちる

2、白い花びら　雫に濡れて
風の間に間に　ほろほろ落ちる

3、明日はこの雨止むかも知れぬ
散るを急ぐな　可愛い花よ
（南海旅行社　しおりより引用）

朝眼が覚め、窓より見える海の眺めは、また一際明るく、広い道路のそばの木陰で何人かの老人が気功をしている。ゆっくりと、足や手を交互に伸ばしたり、深く息を吸い、また手を上にあげ何かを叫ぶかのごとく突き出していた。

そのそばで幼児がボールを蹴って遊んでいる。ホテルの早い食事を取ると、外に出てみた。まだ出発に間があるので、朝の少し霧のかかった感じのある木の下を歩いて、タロコのあの眺め、アミ族の美しい衣裳と娘たちと着飾った老人の穏やかな眼付き、何度も繰り返し勇の胸に浮かび消えることはなかった。

台湾の朝は早い。八時出発の列車に乗る前に充分に散歩することができた。

やがて勇は、呉さんたち一行と花連の駅より特急列車で北に向かっていた。

海岸沿いに走る列車の窓から見える風景は、何処かゆったりとして穏やかで、東京の喧噪や高雄の夜の賑わいはない。右側に雄大に広がる太平洋と反対側の山に鬱蒼と繁る濃い緑色の樹々が心なく揺れて見える。その樹々のところどころに遠く、小さな白いぽつんと咲いている桐の花は、あの恐ろしい悲惨な爆撃の中を逃げまどい、小さな幼子の手を引いて、健気に生きてきた母の面影があった。

昼近く台北に着いた。高雄の街の賑わいが台北にもあった。大勢の人たちが往来し、まさにこれが東洋の大都会である。

悦賓楼レストランにてビールを飲みながらの昼食となった。五月二日の台北市は日が高く暑い。湿気もあり蒸し暑い。

久し振りに点心でなく、勇がよく台湾では母に作ってもらい食べたビーフンが出た。蟹と小海老の蒸し上げ、青梗菜《チンゲンサイ》の炒めもの、それに北京ダックの皮に葱と辛い味噌を薄い饅頭の皮のようなもので巻いた品が出た。ビーフンはほどよく油で炒められて歯ごたえがよく美味しい。

台北市には戦前の小さい時に、父に一度連れていってもらったことがあったとしか覚えていない。ぼんやりとしたそんな記憶しかない。

高雄市内になっている小港国民小学生だった終戦時の勇は二年生の夏だった。この学校はもちろん日本人学校だが、現地の生徒が二人くらい成績優秀ということで中学に入っていた。

その中に、父がよく面倒を見ていた孫さんという中学生がいて、よく家に遊びにきていた。

孫さんは、現在六十三歳くらいで、建築会社を仲間と経営していた。台湾に来る前に、勇は孫さんに五月三日の午前中に会いたいと連絡していた。明日きっと、家族でホテルに迎えにきてくれるに違いない。

7

昼食後、一行は五千年の歴史を持つ中国の王宮の宝などを展示している国立故宮博物院に行った。この博物館にある中国の国宝は、蔣介石総統に率いられた国軍が毛沢東軍に敗れ、台湾に逃げる時に持ってきたものである。ガイドの呉さんの説明によれば、この故宮博物院には六十二万点以上所蔵され、陶磁器、絵画、書物、彫刻、金や銀の鋳物装飾品など中国の文化美術を代表する世界四大博物館の一つであるという。この六十二万点のうち、

常時展示されているものは二万点くらいで、半年ごとに取り替えられるという。そのほかの半分以上が北京の故宮にあり、これこそが現在の中国の本物の国宝であると中国側は説明している。広大な土地に展開される五千年以上の、何十という民族によって構成される中国は、ヨーロッパの古代ローマの歴史より何千年も長いのである。

展示品の見事さもさることながら、広大な敷地に建立された博物院は、白い巨大な柱と門に囲まれ、その中庭は眼を見張るほど整然と整理された庭園であり、建物は広い何十段の上に黄色の壁の塀と、白い壁の博物館、青い屋根が三方の山に囲まれて建っている。見事という以外に表現のしようがない。

中国の五千年の歴史から素人が考えるいろいろなことの中に、中国人が持つ日本人と違った忍耐力と寛大さではないだろうか。十二億の民を抱える広大な山脈と平野、黄河の巨大な流れのように歴史はその悠久の時の流れの中で息づいている。

小さな島にすぎない台湾でさえも、街々のお寺に行くと、そこには大勢のお参りの人たちとは別に、お寺の周りの縁の上で三三五五、足を伸ばしたり、座ったりのいろいろな姿勢で老人たちが憩っているのである。ここがこの人たちの毎日の社交場に違いない。日本ではこれ程の大勢の人たちが、夕暮れに集ってきて憩う場所は何処にももうないと思う。

欧州各地の広場での夕方、大勢の地元の人たちが集まり、立ったままで、何時間も身振り大きく、手を振り振り語り合っている様子が違った形で、ここ台湾のお寺の中で似たように繰り広げられている。

翻って、日本の大都会や田舎での夕べの一時の日本人は何処でどう生活しているのだろうか。

大都会では三三五五、会社が引けるとある者は同僚と飲み屋に集まり、ある者は家路に着いている。

田舎では集うのはお祭りの時だけのように思えるのだが、いつも社交場のような形での場が、もう生活習慣としては日本に残っていないのだろう。

夕方、有名なフーバ・シアター・レストランで台湾の歌や踊りのショーを見ながら、台湾ビールと紹興酒を楽しんだ。

待ちに待った五月三日の朝がやって来た。

勇は朝早くから眼が覚めて、というよりも早くから明るくなるために起きていた。

ゆっくりと久し振りにアメリカン・ブレックファストを取り、街に出てみると通勤の人たちで道路は車やバスで混雑している。

タイのバンコックも同じだったが、東南アジアの都市の朝は皆似ているようだった。

ホテルに戻り十時の約束に、ロビーに降りていくと、孫さん夫婦と美しい娘が中央のソファーに座って談笑している。ゆっくりとその様子を遠くから眺め、勇は一歩一歩と近づいていった。三人のソファーの前で勇は笑顔で立ち止まると、「孫さんですね。勇です。本当に何十年振りでしょうか。懐かしいですね」と話しかけていた。孫さんはじっと勇の顔を見つめてから、やっと勇と分かったらしく、勇の手を握ると、「勇さんですね。立派になって分かりませんでしたよ。勇さんは三番目でしたね。皆さん、先生はお元気ですか」と父の安否を尋ねた。奥さんもしばらく日本にいたというよりも、日本の女学校を卒業していたので、日本語はとても上手であったが、娘さんはさすがに日本語は分からなかった。しばらくソファーにかけて近況を話し合ってから、街の台湾料理店に招待され、ビールと鴨の焼いたものや、いろいろな点心とマンゴー、龍眼の実などご馳走になる。娘さんとの会話は英語だったり、孫さんが通訳をしてくれたりした。空港の管制官だという。孫さんの自宅に案内されて、黒壇の大きなテーブルと椅子に座ると台湾茶が出た。男の孫が二人、飛び出してきて挨拶をする。きちっと躾が行き届いているようだ。

やがて上の娘さんが現れ、美しい陶器の皿に懐かしい台湾の果物と菓子が運ばれてきた。赤くだいだい色に輝くマンゴー、三つ星のような果肉を出したスターフルーツ、龍の眼の

ような龍眼、パパイアの赤味がかった熟れた実、そして薄い緑色をしたランブータン、リンゴを小さくしたような甘酸っぱいレンブや、紫色の皮で中身は白いマグスチン等々のたくさんの果物、砂糖で作った黒い菓子。これは何と言うのだろうか。

勇が幼いころに食べた古い遠い記憶の菓子であった。今座っている真っ黒に輝いている黒壇の椅子、大きなテーブル、それを見ると勇は自分の家にあった黒壇のテーブルと飾り棚を思い出した。あれらの家具は、戦争後持ち帰ることなどできるわけはなかった。

引揚げる時の一人の持てる金は百円であった。話によると、ダイヤとかの貴重な財産など持って帰れないので、女性たちはアソコに隠して持ち帰った人もいたと噂で聞いたことがあった。

孫さんの上の娘の夫は役人で、司法省の局長をしているとか。

時間は瞬く間に去っていった。

午後一時までにはホテルに帰らねばならない。中正空港を四時に発たねばならなかった。別れを惜しみ、お互いに健康を祈って、軽く紹興酒で別れの乾杯をし、山のような土産を両手にかかえて、勇は孫さん家族に見送られ、いつまでもタクシーの中で手を振っていた。

勢いよくエンジンの音を響かせて、飛行機は飛び立っていった。次第に中正空港が小さくなり、やがて海上に出ると、ゆっくりと旋回して上昇を始め水平飛行に変わった。

勇はワインを飲みながら眼を閉じて、思いに耽っていた。

八月十五日、ついに戦争は終わった、日本は敗れたのである。空はどんよりと曇り低かった。

小学二年の九月のいつの日だったろう。

戦争が終わり、船で日本に引揚げる日が来た。大人の男性がいない母子の家庭は大変だった。近所の人たちの世話になり、小さな三人の小学生と、一人の幼児の四人の子供は、おのおのお尻の下まである重いリュックサックを背負わせられ、ゆらゆらと揺れるタラップを上って船に乗るのであったが、その前に大変な事件が起こったのである。

鉄砲刃は一切所持してならないと通達されていたが、若い男性が懐に短刀を忍ばせていたのが発見されたのである。この男の拘束と、尋問調査のために乗船は三日延期されたのである。引揚げ者、兵隊さん、どの位居たのだろうか。千人もいたのであろうか。これらの人々が三日、野営のごとき生活を強いられたのである。ようやく問題は決着、この若い男の乗船は中止され、そのほかの人たちが乗船を始めた。

まず負傷した兵隊や病人が乗った後に、勇の家族は母を先頭に、下の弟と勇、次男、長男という順序で揺れる梯子のようなタラップを上っていくが、母の後ろの弟がどうしても上れず動かない。ロープにつかまりしゃがんでしまうのだ。

その上お尻の下まで届くリュックサックを背負っている。勇は死に物狂いで弟のリュックを取り両手に下げ、弟を励ましていた。

母は弟の名を呼び、勇は上るように声を上げて、やっと自分もふらつきながら甲板に出た。しかし、甲板も揺れ、大勢の乗船者が船員の誘導でおのおのの場所を探してごった返していた。二時間以上もかかり、勇たちは船底の隅のほうにやっと座れる位の場所を確保し休むことができた。引揚げの航海が始まった。

むっとするような暑さの中に、異様な臭気がたちこめ、さっそく嘔吐を始める人がいた。負傷した兵隊の一群は船底の中央辺りに集められ横になって動かない。時々低い呻くような声がする。消毒用のアルコールの臭いが漂ってくる。こうして二日経ってからのことである。大変な事故がまた起こったのである。

今度は勇の兄が甲板で転び、その弾みで瀬戸物の茶碗を船底に落としてしまった。壊れた茶碗の破片が若い兵隊さんの右肩に当たり、大怪我をしたのである。軍医が何針か縫い、一応大事に至らなかったが、母の狼狽の仕方は大変であった。

兄を連れ、兵隊さんに平謝りに謝ったが、なかなか収まらなかった。若い兵隊さんが許してくれたのは、母一人、小さな子供四人の家族の事情を聞いて同情したのか、やっと許してくれたのだった。勇は負傷し船底に横たわり、やせた顔でじっと考えるようにして母を見つめているこの若い兵隊の目を今でも覚えている。若い復員兵の目にうっすらと涙が浮かんでいるように見えたのは勇の錯覚だったのだろうか。敗戦という無情な結果の中で、この青年の心は何処にあったのだろうか。
その夜、母は一人泣いていた。小さな声で「お父さんがいてくれたら」と呟いていたのを勇は忘れることができない。父は行方不明であった。

船は波に揺れ、船体は大きく左右に揺れる。食糧事情も悪く、甲板にあるバラックのようなトイレに行くまでの船底からの上りと、中に入ってからの使用は、子供たちのみならず大人にとっても楽なものではなかったし、その上、よく甲板上で嘔吐している人影を見ることが多かった。その中の一人が長兄であった。トイレはそのような状況からだけでなく、乗船している人たちの数に比べて著しく不足していた。汚れきった中での臭い立つトイレは苦痛そのものであった。負傷した兵隊や病人が船底で呻いている。低い唸るような声が聞こえ、まさに悲惨というしかなかった。
毎日が、毎夜が、何時間が経ったのか覚えていないが、こうして台湾からの大勢の引揚げ者を乗せた船は舞鶴の港に辿り着いたのだった。

台湾に米軍が上陸する。日本人は兵隊のみならず全員殺されるという噂が広がった時のあの恐怖と混乱は、米軍が沖縄に上陸したというニュースとともに収まった。もはや敗戦とは誰一人口には出さなかったが、それは明らかであった。現地の人たちは、日ごろ平等な気持ちで接したり、よく心づくしをした日本人たちに、本当に恩を返すように陰に日向に支援や同情を示したが、これに反し、戦時中に偉ぶっていた人たちには、大なり小なりの精神的、あるいは現実に肉体的な苦しみを負わせたのであった。それは大人だけでなく、十四、五歳位までの中学生たちまでに及んだ。戦争が及ぼす悲しみは、銃後の世界にも及んだ。そして、それはあまりにもむごいものであった。

日本にやっと帰ってきた勇たちを待っていたのは、戦禍を逃れた後の一時の寛ぎでもなく、絶えることのない生活の苦しさが待っていた。そして遠い道が……。

舞鶴の港に降りた勇は、白い服と帽子にマスクを付けた何人かの人たちに、真っ白な粉を頭から足の先まで吹きつけられた。服の襟首の中までも吹きつけられた。ＤＤＴである。混雑して座席もない列車にゆられて、一昼夜だったろうか、あるいは三日くらいかかったのだろうかはっきりしないが、母の姉という人が待っている栃木の、大きな庭があり近くに小川のある家に辿り着いたのであった。

そこの家の縁の上に正座して、微笑《ほほえ》みながら何人かの子供たちが遊んでいるのを見つめている上品な白髪の老婦人がいた。旧い写真などで見る明治の人のようだった。勇はこの老婦人を祖母だと思っていた。しかし、ある日、母の弟が座敷で、母にこう言っているのを耳にしたのである。

「姉さん、遅すぎました。母は一ヶ月前に亡くなりました」

とその声は震えながら言っていた。母の啜り泣く嗚咽が聞こえてきた。

勇は祖父と祖母の顔を見たこともなかった。おじいちゃんと呼べるような人も知らなかったし、おばあちゃんと言って甘えることのできる人も知らなかった。

日本に帰ってくるまで、外地で生きてきたのだった。


数ヶ月位、栃木のこの屋敷で生活していたが、ある日父の兄という髭を伸ばした中年の男性が勇たちを迎えにきた。父の生まれた実家にひとまず、父が帰ってくるまで落ち着くことになったらしい。しかし、父とは音信不通で、いまだに生死が分からなかった。

栃木のあの大きな広い庭があり、小川の流れていた屋敷は、誰のものだったのだろうか。

勇たちが会津の父の実家に引き取られていくと、母の弟たちも大阪の方に散っていった。


勇が会津の田舎の小学校に転入したのは、二年の秋ごろだった。この田舎の小学校に初めて登校し、生徒の前で若い女の先生に紹介され、勇がクラスの一員となったその日の午後、この組の悪戯組らしい二人の少年に囲まれていた。

「にしゃ、何て言うんだ」

「君、そのニシャって何のことだね」と勇が分からないので尋ねると、背の高い方の一人が、やおら片手で勇の頬を打った。

「にしゃ、生意気だべ」

勇は理由が分からなかったが、殴られたのに腹が立ち、一瞬闘おうと身構えたとき、女の先生が近づいてきた。悪童はさっと身を返すと教室の中に身を隠してしまった。

ある日小雨が降り続いている晩秋の午後、勇は家の庭に流れている金魚や山椒魚のいる小川で一人で遊んでいた。何か軋むような音がして、近づいてくる。その音は勇が座っている小川の石橋の前の所で止まった。

勇は何か不思議なものを感じ、小雨の中で顔を上げていた。そこに茶色の雨合羽を着て、自転車に乗った中年の男性が立っていた。

勇はなおもじっとその男の顔を凝視していた。男もしばらく何も言わずに小雨の中に立って勇を見ていたが、やがて「勇か」と一言いった。一瞬空気が揺れたと思うと、はっと心に父の顔が浮かんだ。

脱兎のごとく母のところに飛び込みながら叫んでいた。

「お父さんが帰ってきた！」

勇は忘れない。いつまでも心の中にゆらゆらと消えることのない灯のようにあの時の母の虚ろなような、うろたえるような、悲しみに近い驚きと歓びの声が聞こえたと思うと、勇より速い身のこなしで玄関のほうに駆けていく姿が見えた。勇も後を追っていた。玄関に雨合羽をゆっくりと脱ぎながら母の顔を見ている髭だらけの父がいた。

突然、母がへなへなと玄関に倒れかかった。

その夜、遅くまで父の腕にすがって泣いていた母が瞼に浮かんでくる。

やっと一家が、戦争という嵐を抜けて再会したのである。

エピローグ

勇は翌年も台湾に旅をした。孫さん夫妻にも面会した。この時の旅は台北市よりバスで南下し、日月潭という台湾の中央の山中にある海抜七百五十メートルの天然の美しい湖と、オレンジ色に輝く大きな瓦屋根の三蔵法師の霊骨が祀ってある玄奘寺や、文武廟などを李さんというガイドに案内されて旅をした。台南にさらに南下し、孔子廟、赤嵌楼など見て高雄市に入った。

懐かしい高雄の六合夜店の並んだ屋台の街に、夜繰り出して、賑やかな騒音が勇には全く苦痛を与えるどころか、楽しくて楽しくてしようがなかった。翌朝、登清湖《トウセイコ》、花連漂《カレンタン》、寿山公園を廻り午後タロコ見学にいった。

タロコは何度眺めても素晴らしい景勝だった。山をくり抜いて造った山道は、延々と曲がりくねって続き、眼下に見える白や薄緑の大理石の巨岩と川の流れ、山裾の美しい樹々といろいろの花々は、この世のものと思えない程美しく人々の心を捕らえて放さない。

この四十数キロのタロコ峡谷は、入口近い不動明王から、最奥の天祥まで何十メートルという深い所に奇岩の大理石が続き、川の顔は多種多様である。まさに桃源郷に入っていく思いである。

夕方にはまたあの美しい乙女たちが着飾って踊るアミ族の村を訪ね勇は踊っていた。何の拍子だったのか、勇は酒が効いたのか、近くで踊っている美しい娘のそばに近寄り踊りを真似すると、長老が飛んできて勇の尻を箒のようなもので軽く打ち、大勢の観光客のみならずアミ族の人たちからも笑い声が上がった。


翌朝、特急列車で花連を後にして台北へ帰っていった。午後、李さんの案内で昨年と同じように故宮博物院、龍山寺、忠烈祠と中正記念堂を観た。夕方夜食後、勇は一人で街に出ていった。寝るには早い。

ホテルから数百メートルの下町の一角にある小さなバーに入ると、若い女性が一人店にいた。客は体格の立派な青年がカウンターに腰掛けていた。

音楽もない中国風のよく整頓された店内は勇の心にある種の安らぎを与えてくれた。

店の女性は中国語しか話さない。しばらくすると隣に座っていた青年が勇に英語で話しかけてきた。

台湾を一人で旅行中の韓国人であった。

日焼けした端正な顔立ちと、すらりとした長身の青年の話す英語は、正確で立派というしかない程だった。勇は世慣れしている中年の男になっていたし、長い間外資企業に勤めていたので、国際的な感覚は身についていた。

旅の楽しさと台湾の美しさを、お互いに何か心の中に陰のようなものを隠しながら、語り合っているように思えた。それは勇独りの思いであったのだろうか。何かこの青年のずしりと心に響く太い声は迫力があり、しかし静かで何か優しいものを含んでいる。

勇の息子ほどの年の違いがあるように思えたが、非常に落ち着いていた。勇はこんな外見だけでなく、何か知的で思慮深い雰囲気を漂わせている若者と会ったことは滅多になかった。

語る所によれば、米国のマサチューセッツ工科大を卒業して、もう十年来米国と韓国を行き来している若きプロフェッサーであった。

このような青年が、やがて自分たちの祖国を守り、新しく蘇生させていくのに違いない。台湾の懇丁のホテルで会った数人の台湾の学生の若さに溢れた陽気な知的酒宴は、これもまた違った意味での個性豊かな国際性に溢れた一時で、忘れ難いものがあった。台湾も韓国も戦前日本の植民地であったが、お互いの心の中にそれらの影は映ってみえなかったと、勇は考えてみたかった。

勇は小一時間も、音楽もない静かな二人だけの声が響くバーで、青年と肩を並べて会話していた。久し振りに飲んだハーディーというコニャックも見事な香りと味で、旅の終わりを飾るのに相応《ふさわ》しい添え物であった。

勇は金というこの青年に別れを告げると店を出た。夜空に星が輝いている。

勇の楽しそうな後ろ姿がホテルの中に消えていった。

著者プロフィール

片桐 巌（かたぎり いわお）

本名 片桐 英泰

1937年、中国青島市に生まれる。終戦まで幼年時代を台湾高雄州小港町で過ごす

福島県立福島高校卒業後、神奈川大学貿易学部に入学、信太正三教授にニーチェを学ぶ

同大学卒業後、フランス、ドイツ系企業に勤務

同人誌「ロボス」の会員

同誌2号（1999）に紀行エッセー「南欧の光と風」、3号（2001）に「早春」、4号（2002）に「由比ヶ浜夢幻」「遠い道」「青い花・半野史」、各号に詩を発表

由比ヶ浜夢幻

2003年2月15日　初版第1刷発行

著　者　片桐 巌

発行者　瓜谷 綱延

発行所　株式会社文芸社

〒160-0022　東京都新宿区新宿1-10-1

電話　03-5369-3060（編集）

03-5369-2299（販売）

振替　00190-8-72826 5

印刷所　株式会社ユニックス

ISBN4-8355-5179-6 C0095